FINN'S HOTEL

A marca FSC® é a garantia de que a madeira utilizada na fabricação do papel deste livro provém de florestas que foram gerenciadas de maneira ambientalmente correta, socialmente justa e economicamente viável, além de outras fontes de origem controlada.

JAMES JOYCE

FINN'S HOTEL

Tradução
Caetano W. Galindo

Companhia das Letras

Copyright © 2013 by Ithys Press
Copyright das ilustrações © 2013 by Casey Sorrow

Grafia atualizada segundo o Acordo Ortográfico da Língua Portuguesa de 1990, que entrou em vigor no Brasil em 2009.

Título original
Finn's Hotel

Capa e projeto gráfico
Tereza Bettinardi

Preparação
André Conti

Revisão
Angela das Neves
Valquíria Della Pozzer

Dados Internacionais de Catalogação na Publicação (CIP)
(Câmara Brasileira do Livro, SP, Brasil)

Joyce, James, 1882-1941.
  Finn's Hotel / James Joyce ; tradução Caetano W. Galindo. — 1ª ed.— São Paulo : Companhia das Letras, 2014.

Título original : Finn's Hotel.

ISBN 978-85-359-2455-8

1. Ficção irlandesa I. Título.

14-04767   CDD-ir823.9

Índice para catálogo sistemático:
1. Ficção : Literatura irlandesa   ir823.9

[2014]
Todos os direitos desta edição reservados à
EDITORA SCHWARCZ S.A.
Rua Bandeira Paulista, 702, cj. 32
04532-002 — São Paulo — SP
Telefone: (11) 3707-3500
Fax: (11) 3707-3501
www.companhiadasletras.com.br
www.blogdacompanhia.com.br

SUMÁRIO

NOTA DO TRADUTOR 7
.i..'. .o..l — Danis Rose 17
James Joyce e sua História da Irlanda —
    Seamus Deane 33
Colaboradores 53

FINN'S HOTEL
1. A tintinjoss de Irlanda 57
2. Bordade com peixinhos 61
3. Uma história de um tonel 65
4. Seus encantos dela 69
5. O grande beijo 75
6. Bordões da memória 85
7. Firmamente ao estrelato 91
8. A casa dos cem cascos 99
9. Homem Comum Enfim 105
10. Eis que te carto 115

Anexo — *Giacomo Joyce* 129

NOTA DO TRADUTOR

Me agrada muito que a nota de rodapé da página 59 não apenas seja a única a todo o texto, mas anuncie um tanto orgulhosamente esse fato.

Finn's Hotel é um texto enigmático, lacunar, indecidível. E tentar elucidá-lo à força de notas e exegeses pode ser uma empresa natifrustre, por assim dizer. Além disso, a história editorial do manuscrito é bem defendida aqui por seu editor original, e as ressonâncias mais especificamente irlandesas de um texto tão ancorado naquela cultura são devidamente exploradas na introdução de Seamus Deane. Não preciso me estender demais nesta minha nota, até por ter me dado o direito de anotar devidamente o aparato crítico, tentando propiciar ao leitor que não tem grande trânsito pelo verdadeiro mundo que é a crítica de Joyce uma entrada mais plena e uma compreensão maior dos comentários dos dois estudiosos.

Mesmo assim, gostaria ainda de fazer dois comentários: um como leitor de Joyce; outro como tradutor.

Em primeiro lugar, vale ressaltar que as opiniões dos vários acadêmicos que trabalham com Joyce estão longe de ser unânimes a respeito do relato genético apresentado aqui por Danis Rose. Se em algum momento houve de fato a intenção, da parte de Joyce, de rascunhar uma obra independente, se esse *Finn's Hotel* era um ensaio interrompido, uma introdução abortada ou um livro engolido pelo *Finnegans Wake*, são coisas que talvez jamais venhamos a saber com certeza.

E, a bem da verdade, cabe reconhecer que são coisas que o próprio Rose não declara estarem totalmente resolvidas.

E, mais importante ainda, talvez pouco importe.

Estamos (ou ao menos estou eu) diante deste *Finn's Hotel* como quem olha para os últimos quadros de J.M.W. Turner. Saber se ele pretendia expô-los naquele estado, se são fragmentos, estudos ou obras inacabadas não afeta em nada o avassalador efeito estético que aquelas imagens têm sobre o espectador.

Duvido muito que qualquer crítico literário,

dedicado ou não ao estudo de Joyce, negue o óbvio valor destes manuscritos. Duvido que alguém negue o interesse intrínseco desses textos, assim como a contribuição que podem dar ao insondável processo que leva o Joyce dos primeiros episódios do *Ulysses* a se transformar, na segunda metade do livro, em escritor dedicado a reformular todas as regras do romance e, já no *Finnegans Wake*, no criador de uma nova tradição-de-um-homem-só, que conseguiu se transformar numa tradição para-todos-os-homens. E mulheres...

Este *Finn's Hotel* ainda há de fazer correr muita tinta. Mas desconsiderado ele não deve vir a ser.

O leitor do *Ulysses* vai encontrar aqui temas, vozes conhecidas. O leitor (ou pré-leitor) do *Wake* terá acesso a retratos em miniatura de alguns personagens centrais, a uma primeira releitura do mito de Tristão e Isolda (absolutamente fulcral para todo o *Wake*) e até a um esboço da famosa *carta*, comentada durante todo o romance e apresentada apenas em suas últimas páginas.

É uma bem-vinda introdução a um livro famoso por ser quase inabordável. É, nesse sentido, uma contribuição inestimável. Encontrar Joyce como que afiando as ferramentas, testando o terreno, escolhendo os caminhos que o levariam do grande romance do século xx à maior obra literária dos últimos quatrocentos anos, na opinião de gente como Harold Bloom, é um privilégio que, sozinho, já justificaria a publicação deste livro.

Colagem desentranhada de fragmentos do enlouquecedor manuscrito do *Finnegans Wake*? Relíquia de uma obra que poderia ter sido um prelúdio ao último romance de Joyce? Realmente, pouco importa. *Finn's Hotel* é uma obra interessantíssima, absolutamente singular: um grande presente.

Imprima-se.

*

Como tradutor, tenho pouco a acrescentar, o que eu precisava e pude pôr no texto já está nele, na forma com que se apresenta em português.

Mas queria só registrar, quase como mais um agradecimento ao autor que me transformou em tradutor, que tradutores (como os portadores das cartas) são criaturas venais, que vivem de prazeres vicários. E traduzir Joyce é se sentir, momentaneamente, no paraiso. Saem dos teus dedos as frases mais bonitas, mais divertidas e mais tocantes. Mas saem porque na verdade estão saindo da construção de Joyce, e sendo vestidas, naquele momento, por você.

Saem somente porque Joyce obriga o tradutor a espremer as últimas convoluções cerebrais em busca de algum efeito, sonoro, semântico, rítmico. Ele faz exigências impossíveis e, por isso mesmo, demanda o máximo. Cobra que você fuce em cantos do português que normalmente ficam ali só pegando pó.

É, em suma, um imenso prazer para quem tem esse tipo de *perversão*.

Poder traduzir *este* Joyce foi uma alegria sem fim. Poder tentar cobrir de português (e de Castro Alves e Carlos Sussekind) essa prosa que se descobria totalmente livre de qualquer constrição de correção, de estilo, de adequação... uma prosa que se queria plenamente efeito, evocação, eficácia... me deu uma satisfação que eu espero que os leitores consigam encontrar e provar por si próprios.

O Joyce de *Finn's Hotel* já está um degrau acima do fim do *Ulysses*. Ele ainda não encontrou a desfaçatez que o levaria a quase abrir mão da compreensibilidade no *Finnegans Wake*. Como lembra Danis

Rose, este livro é basicamente legível. Mas já goza aqui de uma desconsideração pelo bom-mocismo gramatical, semântico e literário que o deixa solto, leve, quase irresponsável.

Se no princípio o verbo fez-se carne, no fim (segundo Joyce) o *Wake* descarnou-se e atingiu planos pós-verbais que só podemos alcançar abrindo mão da compreensão tradicional do texto.

Aqui, no entanto, Joyce ainda não tinha alçado esse voo.

Aqui ainda dançava em meio aos seres deste mundo, girava com todas as cores, tendo os pés a meros dois milímetros do chão molhado pela língua de todos.

É tentar lhe dar a mão.

*

E, falando em mãos dadas, também é um grande prazer poder lançar junto com este *Hotel* uma nova tradução de *Giacomo Joyce*, texto bem mais conhecido, que estaria para o *Ulysses* mais ou menos como seu irmão aqui presente está para o *Finnegans Wake*.

Mas com uma grande diferença: *Giacomo Joyce*

também nunca foi publicado por Joyce. A primeira edição, aos cuidados de seu biógrafo Richard Ellmann, apareceu apenas em 1968. Mas seu estatuto como obra independente e concluída é um bocado mais claro que o de *Finn's Hotel*, pois as oito folhas (frente e verso) que compõem seu texto foram encontradas quando seu irmão organizava a biblioteca que Joyce deixara em Trieste. E foram encontradas organizadas, em ordem, dentro de uma pasta, com esse título escrito na capa e com versão italiana do nome do autor, como nas obras do jovem *Luigi* Beethoven.

Mas a coisa não é tão simples assim (e em algum momento foi simples?), pois o fato é que a mão que escreveu essas palavras na *capa* da pasta que continha as páginas do texto não é a de Joyce. Ou, se for, terá de ser a *outra* mão. Um Joyce canhoto disfarçando sua própria caligrafia, acreditam alguns...

Ele organizou o texto? Ou outra pessoa? E quem teria sido?

E que texto é esse, que já aparece cercado de dúvidas?

Trata-se, como no caso de *Finn's Hotel*, de uma série de vinhetas mais ou menos interdependentes, que no entanto esboçam uma história aqui muito mais nítida. A trajetória do amor de um professor por sua discípula, e de sua descoberta final de que o amor, ou a mera existência, de uma outra mulher em sua vida (Nora!) impossibilita essa aventura.

Sabemos que o texto foi escrito em Trieste, provavelmente 1914. Sabemos que ele, assim, cabe com a peça *Exilados* entre os textos preparatórios à escrita do *Ulysses*, onde Joyce explorou alguns temas de maneira mais experimental. Especialmente o tema da tentação e do adultério.

Podemos, num escritor tão abertamente biográfico como sempre foi Joyce, encontrar nos eventos de sua vida e na vida da cidade entre 1911 e 1914 (e especialmente na relação de Joyce com Amalia Popper, sua aluna de inglês na escola Berlitz) as sementes e a fonte de quase todos os eventos narrados em Giacomo Joyce.

Sabemos também que podemos encontrar *dentro* do *Ulysses* e até do *Retrato do artista* fragmentos que inicialmente faziam parte desta outra obra, e que talvez seja esse um dos motivos por que Joyce a manteve inédita: ela já teria cumprido seu papel de *ensaio*.

No entanto, acredito realmente que, como no

caso de *Finn's Hotel*, não é nem a empresa investigativa biográfica e nem o interesse filológico e genético na obra prévia de Joyce que garantem o valor do *Giacomo Joyce*. Agora, depois de mais uma de inúmeras releituras, e depois de finalmente ter me dedicado a traduzir o texto todo, acredito mais do que nunca que a obra se sustenta por si própria, como curiosíssima história de amor, como evocativa sequência de quadros por vezes primorosos que, aos olhos do século XXI, parece radicalmente nova, poderosa e viva.

Basta, a qualquer leitor curioso, conferir aquela cena incrível em que um vestido desliza de um corpo nu. Ou o desfecho doloroso, risível e insubstituível.

Acredito de fato que, junto com *Finn's Hotel*, este *Giacomo* apresente a qualquer leitor uma generosíssima porta de entrada para dois momentos distintos da carreira deste que pode ter sido o maior prosador da história da língua inglesa.

Em poucas páginas.

Quase incomparavelmente férteis.

.i..'. .o..l

Danis Rose

Há uma outra história. Era uma vez e que dia bonito que estava e um rapazinho descia a estrada e esse rapazinho que descia a estrada encontrou uma mocinha chamada Nora Barnacle...[1]

Ele era James Joyce — Sunny Jim[2] —, definitivamente o homem certo no lugar certo. Tinha olhos azuis bem claros, uma tez pálida e exibia um boné de iatista, e ela achou que ele parecia um marujo sueco. Ela, a mais linda da Irlanda, tinha cabelos castanhos arruivados como um alagadiço ao pôr do sol, globos de um azul profundo que rolavam como Oceano, e uma carinha safada. Ela morava estrada

---

1 A citação, que sempre corre o risco de se perder em tradução, é da abertura de *Um retrato do artista menino*. (Todas as notas são do tradutor.)
2 Jim Solar, apelido que lhe foi dado por seu pai.

abaixo num prédio sisudo de tijolos à vista chamado Finn's Hotel, onde, depois de fugir de um convento de Galway e de um tio irascível (Mick, não Mark),[3] tinha achado um emprego de camareira e garçonete ao mesmo tempo.

Ah, se ela não quiser! Logo ele ganhou o seu amor, e ela, o dele; e ele a levou dali num navio sobre a face do abismo, apassionadamente, para pasmo dos locais. Depois de muitas lidas e deslindes, viram-se, dois sem-lar, vivendo em Paris, França. Ele havia, nesses tempos de exílios e de idílios mais raros, tornado-se mestre da prosa: havia escrito *Ulysses*. Mesmo assim, ainda não deixara sua marca: forjar no cadinho de sua alma a consciência incriada de sua raça rebelde.[4]

Aí, como que por precursá-lo, São Patrício, voz dos irlandeses, conclamou-o em sonhos. Aquela voz e aqueles sonhos — tão terrivelmente difíceis para o resto do mundo entender — viriam a dominar sua última, grandiosa e avassaladora obra, o *Finnegans*

---

[3] Mark é o rei, tio de Tristão, que incumbe o guerreiro de escoltar Isolda, por quem este acaba se apaixonando.
[4] Citação do final de *Um retrato...*

Wake. Mas isso ainda não era. Ele estava com dificuldades para engrenar. Finalmente, de vista longa desde a mais tenra infância, começou a recolher seu material, de início com lentidão, depois com crescente confiança.

Discerne-se no método composicional de Joyce um padrão que se repete. Primeiro ele cria um texto, ou textos, em que toma controle dos personagens; então desenvolve esse texto em grau maior ou menor, e aí o abandona, depois de tê-lo (com os personagens agora *in situ*) reconcebido. Ele então desenvolve mais uma vez a versão reimaginada, vez por outra canibalizando no processo os textos anteriores.

Temos assim *Um retrato do artista menino* emergindo dos fragmentos de *Stephen Herói*, o *Ulysses* emergindo dos fragmentos de uma sequência de *Um retrato*, do *Giacomo Joyce* e de um conto planejado mas não escrito para *Dublinenses* (que também se chamaria "Ulysses"). Seus grandes livros são, em certo sentido, um processo de dois passos, sendo um único passo uma escalada exagerada. Os ur-livros são como enzimas, que lhe catalisam a criatividade.

A mesma coisa aconteceu com suas últimas

obras. A ideia básica de Joyce era um Finn McCool[5] idoso adormecido às margens do rio Liffey[6] enquanto a história da Irlanda corria ao seu lado como num sonho. Estabelecida essa noção seminal, que seria parcialmente levada a termo em *Finn's Hotel*, ele pôs mãos à obra.

Finn's Hotel — um lugar por onde passam pessoas — colmata a lacuna entre *Ulysses* e *Finnegans Wake*. Trata-se tanto de uma obra plena por conta própria quanto de uma maravilhosa introdução, sério-cômica e de fácil leitura, aos temas e personagens-chave da notoriamente complexa obra posterior.

Finn's Hotel foi originalmente concebido como uma série de fábulas: peças curtas, concisas e concentradas de prosa ficcional ("epiquetos", para usar o neologismo de Joyce), centradas em momentos formativos da história ou da mitologia irlandesas, cobrindo o milênio e meio que se segue à chegada de São Patrício à Irlanda. Ele escreveu as peças em

---

5 Ou Fingal, pai do mítico poeta Ossian e herói fundador do passado épico da Irlanda.
6 Que corta a cidade de Dublin. O *Finnegans Wake* levou mais a fundo essa ideia, transformando tanto o rio quanto a paisagem da cidade em equivalentes não apenas simbólicos de seus personagens principais.

1923, coisa de seis meses *depois* de se liberar definitivamente do *Ulysses* e *antes* de ter chegado a conceber a trama, a estrutura ou até mesmo a imensidão do épico que é o *Finnegans Wake*.

Os episódios de *Finn's Hotel* são escritos numa diversidade única de estilos e quase totalmente num inglês normal. Considerados em conjunto, eles formam o verdadeiro (e até aqui desconhecido) precursor do *Wake*. Joyce compôs os episódios um a um, revisando alguns deles, deixando alguns em esboço, antes de finalmente colocá-los de lado. *E ali restaram, praticamente esquecidos*, alguns por dezesseis anos (até ele saquear aquele guarda-roupa em busca de material para as últimas seções do *Wake* a serem escritas), e alguns para sempre, ou seja, até agora. Só um único episódio, a peça referente ao Pai ("Homem Comum Enfim"), se destacou. Perto do fim de 1923, ao pensar sobre ele Joyce viu ali uma abertura, uma linha de desenvolvimento literário que podia seguir e expandir em seu épico irlandês (em oposição ao seu épico de Dublin), o *Finnegans Wake*.[7]

---

[7] Esse trecho é hoje o terceiro capítulo do *Wake*, que durante boa parte da redação do livro Joyce imaginou que seria sua abertura.

Para os estudantes de literatura inglesa, James Joyce é o vovozão de todos os safados. Ele não se satisfez com deixar atrás de si o *Ulysses*, sua "loquaz, panabrangente mixórdia desta crônica".[8] Ele não se contentou nem com nos deixar o pantagruélico, praticamente ineditável e sempre pasmante *Finnegans Wake*. Ele nos deixou refletindo sobre mais de cinquenta mil páginas de manuscritos, muitas delas praticamente impenetráveis dada sua caligrafia ilegível, além de dúzias de cadernos aparentemente caóticos, folhas e folhas de listas de palavras aleatórias indexadas umas às outras. E para encarar seriamente seus romances é de fato necessário estudar toda essa *obra*, inteira, com a maior profundidade.

O maior desafio para os exegetas e textualistas (comentaristas de verbo e glosa)[9] vem sendo o *Finnegans Wake*: de onde ele surgiu, para onde se encaminha e o que diachos seria aquilo tudo. Mas agora, dentro desse universo de palpites, pitacos e palmos de palpos,[10] os textos intermediários que constituem

---

8 Citação do episódio do "Gado do Sol", no *Ulysses*.
9 *Finnegans Wake*, p. 304.
10 Depois da vírgula, *Finnegans Wake*, p. 20.

o *Finn's Hotel* aparecem como um furo na cortina, que pode permitir a entrada de um pouco de luz.

Quando a publicação iminente de *Finn's Hotel* foi anunciada pela primeira vez pela Penguin Books, em 1992, a mídia criou certa sensação. Comentadores de imaginação algo solta anteviram que se tratava de um conjunto de contos à la *Dublinenses* encontrados debaixo de algum colchão, ou numa gaveta secreta, ou em outro desses lugares improváveis. Na verdade a situação é muito mais próxima daquela da carta roubada de Poe. Boa parte do manuscrito de *Finn's Hotel* estava diante de todos havia décadas e havia até sido estudada em outros momentos por diversos acadêmicos eminentes. O problema era outro, e não a existência ou inexistência de manuscritos: era que eles estavam todos amontoados. Os manuscritos do texto mais antigo tinham sido espalhados (numa tentativa de organização por parte de Miss Harriet Shaw Weaver,[11] que era a dona dos documentos) e intercalados individualmente com os manuscritos

---

[11] Editora americana que se tornou a mecenas de Joyce, e a quem ele entregou boa parte dos manuscritos do *Wake*.

muito mais numerosos do texto posterior. Os elementos individuais de *Finn's Hotel* foram, portanto, interpretados como "versões anteriores" de episódios bem separados uns dos outros no *Finnegans Wake* (distintos tanto em sua localização no romance quanto em sua data de composição).

Essa compreensível incompreensão teria tido menos probabilidade de ocorrer se os documentos não tivessem sido interpolados dessa maneira e se os acadêmicos tivessem podido contar com a vantagem de conhecer um *outro* conjunto de manuscritos, esse sim oculto, que se relacionava ao *Finn's Hotel* — uma ampliação dos fragmentos já conhecidos — e que só veio à luz alguns anos atrás em Paris, estando hoje conservado na Biblioteca Nacional da Irlanda. Esses episódios "bônus" *nunca* foram absorvidos pelo texto posterior de Joyce e dão ainda mais vigor à ideia de uma obra intermediária autônoma (conquanto abortiva).

Mesmo assim, lá nos tempos de outrora, no *sean aimsir*,[12] eu (aparentemente sozinho) não estava satisfeito com a ideia geral quanto à natureza des-

---

12 Expressão gaélica para "tempos antigos".

ses fragmentos e seu posicionamento no conjunto da *obra*. Eles simplesmente não se encaixavam na gênese do *Wake*, sobre a qual aprendi muito, e muito detalhadamente. Nós podemos retraçar *ab ovo* e com toda nitidez a evolução dos diversos capítulos, seções e subseções do *Wake*, do começo ao fim, e em *nenhum momento* precisamos conceber, ou podemos discernir racionalmente, alguma superestrutura que pudesse ter sido fornecida por esses elementos anteriores (ou "nós anteriores", na terminologia de David Hayman). Certamente um deles, "Homem Comum Enfim" — que conta como o Pai ganhou o nome de Earwicker — acabou se tornando o ponto de partida para o *Finnegans Wake* e certamente os temas do escritor de cartas e do portador das cartas foram profundamente desenvolvidos;[13] mas as linhas principais destes últimos partiram em outras direções, e a absorção *ad hoc* de algumas das peças de *Finn's Hotel* pela *obra em curso* (o *Finnegans Wake*)[14] num

---

13 Nas figuras, respectivamente, dos gêmeos Shem e Shaun, filhos de H.C.E.
14 Joyce só revelou o título final do livro pouco antes da publicação. Antes disso, ele publicou fragmentos sempre com o título *Work in Progress*.

momento bem posterior, em 1938, de modo algum dava sustentação à ideia de que sua natureza fosse supostamente a de esboços originais.

O próximo passo lógico dessa discussão — eles não parecem encaixar *porque não encaixam* — ficou claro depois de eu ter reunido todas as peças, separando-as do conjunto mais amplo, e depois de ter retraçado a ordem da composição de cada uma e relacionado essas peças (e não o *Finnegans Wake*) aos comentários de resto inaplicáveis e inexplicáveis de Joyce em sua correspondência da época (por exemplo, de que o título do que estava escrevendo era uma referência direta a Nora Barnacle; de que ele estava abrindo um túnel a partir de dois flancos opostos de uma montanha, com a esperança de que eles se encontrassem no meio; de que se tratava da história da Irlanda; e assim por diante) e acima de tudo ao perceber que havia um título original para as peças "desencaixadas", "Finn's Hotel", cuja sombra se estendia por todos os demais dezessete anos da composição do *Finnegans Wake*. A bem da verdade, parece que Joyce queria se ater ao nome original. Foi só no fim dos anos da "obra em curso" que ele, naturalmente, considerou-o já inadequado e acabou optando pelo novo título, "Finnegans Wake". O título "velho" ele enterrou (como .i..'. .o..l)[15] no corpo do texto da obra em curso, um título dentro de um título.

A obra maior emergiu do episódio "Homem Comum Enfim" do *Finn's Hotel*: a história de uma "montanha homem" chamada Earwicker. Joyce, aliás, tinha dado com esse estranho nome quando esteve em Bognor em 1923, ao ler um guia turístico local que falava de um cemitério em Sidlesham numa região chamada Hundred of Manhood, onde membros da família (inglesa) Earwicker jazem ao lado de vizinhos de nomes igualmente exóticos: Glue, Gravy, Northeast e Anker.

Em seu primeiro papel, Earwicker é um dono de pub, gago, que sai correndo todo enrubescido pelos fundos do hotel carregando uma imitação de cetro (ele estava colocando armadilhas para pegar tesourinhas [earwigs], armadilhas feitas de varas e vasos de flores virados) para cumprimentar um grupo real de caça que havia se detido logo ali. O rei, notando os estranhos implementos do vassalo, acha graça e brinca com duas pessoas de seu séquito dizendo

---

15 *Finnegans Wake*, p. 514.

como é estranho topar com um homem que é tanto operador de cancela quanto caçador de tesourinhas, *turnpiker* e *earwicker*.

Trabalhando sempre numa veia cômica profundamente irlandesa, Joyce acabou escrevendo sobre vários aspectos da história de Earwicker, seu suposto pecado original "no parque" e suas consequências, sobre a Mãe (reimaginada como Anna Livia) que escreve uma carta "para o rei" para defender/acusar seu marido, e sobre a família de Earwicker (dois filhos permanentemente em guerra, que ao crescer serão escritor e carteiro, respectivamente, e sua irmã,[16] que vai partir corações assim que tiver idade para isso). Com esse núcleo familiar bem enraizado tanto em Chapelizod quanto na história mundial, nada agora estava entre ele e a expansão exponencial do novo romance, até que ele virasse seu *Livro dos mortos*,[17] o livro destinado a se tornar

---

[16] Que no *Wake* se chamará Issy, fazendo com que a figura de Isolda cubra ao menos duas gerações de *amadas*, o que já fica algo insinuado aqui, em "O grande beijo".

[17] O *Livro dos mortos* do antigo Egito foi uma fonte importante para o *Wake*.

o maior conto de fadas da Irlanda e possivelmente do mundo todo: *Finnegans Wake*.

Deixo os comentários mais detalhados às histórias para Seamus Deane, que, em sua introdução a esta edição, olha para *Finn's Hotel* de uma perspectiva lítero-histórica mais ampla. Poucas pessoas têm ideia das dificuldades que enfrentei desde aquele anúncio — e por causa dele — da publicação iminente de *Finn's Hotel* em 1992, como texto e defesa. Basicamente, o mundo caiu em cima de mim. Jornais publicaram versões propositadamente exageradas do conteúdo ainda desconhecido deste livro. Os estudiosos de Joyce, com raras exceções, ficaram caracteristicamente chocados, como toupeiras abismadas diante de uma fonte de luz. O Espólio de Joyce,[18] apesar de já me ter dado permissão para publicar a edição, ficou irritado e os editores, assustados. As fileiras se engrossaram, houve aplicação de pressões de todo tipo, sutis e não tão sutis, advogados se laceraram e dilaceraram em lacertiforme

---

18   Na pessoa de seu único neto, Stephen James Joyce, notoriamente volúvel.

indecisão, e finalmente a coisa toda — tanto o Finn quanto o Finnegan — chegou ao fim.

De certa maneira, a história da publicação de *Finn's Hotel*, com todas as suas ramificações, reflete a história do senhor Earwicker, a peste do parque.[19] Ele ganha existência; dá o ar da graça; ameaça e é ameaçado por um pilantra; corre para se refugiar num submundo sob a terra; torna-se primeiro um escândalo público, depois mero boato e, com a passagem de uma geração, até sua realidade ontológica é questionada — poucos apenas duvidam da "canonicidade de sua existência enquanto tesseracto".[20] No fim, contudo, tudo acaba bem. O fantasma do figurão é convocado numa sessão espírita (transmitida pela BBC) e ele convincentemente se explica, tendo todos os outros se mostrado incapazes de fazê-lo.[21]

Com esta publicação, outra pecinha do complexo quebra-cabeça da história e da literatura irlandesas

---

19 *Finnegans Wake*, p. 558.
20 Id., p. 100. Trata-se de um resumo razoável dos primeiros quatro capítulos do *Wake*.
21 *Id.*, pp. 532-54.

escapa à repressão e nos propicia uma visão mais clara do que de fato aconteceu. Fico feliz por representar o papel do carteiro que aparece, ainda que atrasado e ziguezagueante, com uma bela "revinda de palavras cruspadas".[22]

---

[22] *Finnegans Wake*, p. 619.

JAMES JOYCE E SUA HISTÓRIA DA IRLANDA

Seamus Deane

Finn's Hotel é e ainda não é o mundo de *Finnegans Wake*. Ele está próximo da grande obra em muitos aspectos e muito do seu conteúdo acabou misturado às versões posteriores do texto do *Wake*; mas ele é, basicamente, uma sequência de estudos separados e, no entanto, interligados, uma sequência de meditações cômicas sobre uma condição, a condição de *ultimidade* — de soberania sobre a verdade, o eu, o amor, a memória, o território, sobre um nome, soberania sobre as letras — que se vê constantemente ameaçada pelo tempo, pela traição, a rebelião, a fofoca, e é finalmente conquistada (ou ultrapassada) pela alteridade que emerge quando morre essa série de princípios e fases patriarcais. A condição de ultimidade o tempo todo se transforma na condição de *primeiridade*.

A busca de Joyce é por uma variedade de escrita que não seja "escrita" no sentido oficial e estabilizador do termo — uma escrita que tenha autor mas não tenha a pretensão de autoridade que sufoca as possibilidades contrárias ou opostas ou alternativas. A história e suas certezas ficam sendo trocadas, e enfrentadas, por um estilo narrativo coloquializante e fofoqueiro que rebaixa e reforça o relato oficial — exposto de um ponto de vista retrospectivo — do que de fato aconteceu. Em última análise, as oposições encenadas nessas meditações são oposições entre o caoticamente aleatório e o seletivamente organizado: entre uma experiência que não é controlada por qualquer perspectiva singular e uma história dominada pela visão de um único relato coerente. A disputa — entre reis e súditos, homens e mulheres, regeneração espiritual e física, monocromatismo e policromatismo, cristandade e paganismo, mito gaélico e história inglesa, a data específica (1922) e a data genérica (1132) — é infindável. Há sempre um ou outro "Poemonstório".[23] Bebida, religião, furibundas versões da castidade, palavras ao mesmo tempo brilhantes e eloquentes, mas confusas e contraintuitivas: o este-

---

23 *Finnegans Wake*, p. 397.

reótipo da irlandesidade se acumula em sua história, a história se acumula em seu estereótipo.

A novela começa com o episódio "A tintinjoss de Irlanda", um debate sobre a natureza das aparências, conforme se mostram ao homem caído e aos *illuminati* — os antigos druidas da Irlanda. Uma filosofia se coloca contra outra: qual a verdadeira interioridade da realidade, a que se revela ou a que se oculta? Uma figura fundadora da Irlanda, São Patrício, recebe de Joyce o papel reverso de se ver convertido pela Irlanda, ao invés de ser o conversor da Irlanda. Sua conversão consiste em ser educado por um Bispo Berkeley[24] falante de um pidgin, "arquidruida da tintinjoss de Irlanda" para reconhecer o antigo modo irlandés de percepção, em que o mundo variegado e reluzente (em que as aparências constituem a realidade) é celebrado, em oposição ao mundo monocromático da cristandade e de sua história única, teleologicamente motivada. É através da ação da embebição que se passa a história da conversão de

---

24 George Berkeley [1685-1753], bispo de Cloyne, filósofo idealista autor de um *Ensaio para uma nova teoria da visão* e famoso pela máxima *esse est percipi*, ser é ser percebido.

Patrício pela Irlanda — embora seja o ato de beber palavras que, como os restos de bebida no fundo dos copos no episódio "A casa dos cem cascos", são uma herança cromática que Patrício não chega a compreender e que no entanto o absorve. O fato de que esse breve episódio está escrito em um pidgin de base inglesa enfatiza ainda mais o estatuto "nativo" da teoria irlandesa da visão e de sua reprodução numa forma da língua inglesa.

Finn's Hotel se detém sobre momentos ou condições caracterizadas por extremos paradoxais: são pontos terminais e fundadores (finais que se dobram sobre si próprios e se recomeçam);[25] e são altamente determinadas e *ao mesmo tempo* grosseiramente confundidos e confusos. Os episódios usam a história irlandesa como seu tema específico e ou intensificam o grau de especificidade através de uma exploração (e de uma mutação) deliberada de nomes que têm ressonância histórica ou, inversamente, conferem um grau de anonimato não histórico que baste para

---

25 Princípio caro ao *Wake*, cuja última frase se interrompe e só se completa se o leitor voltar à primeira página.

sustentar mitologias (do Homem e da Mulher, por exemplo) amplas o bastante para englobar todas as narrativas. Os episódios estão cheios de nomes que implicam tal autoridade — rei, etnarca, arquidruida, imperador, majestade —, mas também demonstram, por repetição irônica, como essa autoridade evoluiu. Então, quando Kevin de Glendalough ressurge[26] em "Uma história de um tonel" (depois de ter surgido, em toda sua inocência, como "o estrangeirinho Kevineen" no episódio "Bondade com peixinhos"), ele é apresentado por seu nome, livre de qualquer epíteto; é então descrito como pio, depois sacro, sacérrimo, venerável, venerabilíssimo, beato, beatíssimo, santo e, finalmente, beato santo, fundador da castidade monástica, paramentado até às pudendas, encolhescrotificado pela água,[27] meditando sobre "o sacramento do batismo ou a regeneração do homem

---

26 Os gêmeos Shem e Shaun, no *Finnegans Wake*, aparentemente se chamam de fato Jerry e Kevin, sendo este último, o carteiro, o lado bom menino do par. A referência aqui engloba também S. Kevin [Coémgen] de Glendalough, conhecido eremita irlandês.
27 Uma das mais famosas palavras *inventadas* no *Ulysses* é o adjetivo *scrotumtightening*, aplicado ao mar. Na nossa tradução, há *o mar encolhescroto*.

pela água". O nome ganha poder, epíteto a epíteto, até chegar a representar tanto o congelamento das pudendas quanto a bênção da cabeça. Um momento de repressão e um momento de regeneração coincidem, e a pessoa que, num literalismo cômico, encarna esses processos, sentada na banheira com os paramentos erguidos e as partes baixas imersas, adota todo o seu título histórico.

A centralidade da Irlanda como entidade histórica também é mais pronunciada em *Finn's Hotel*. A forma como Joyce manipulou aqui as questões que cercam a construção da "ideia" de Irlanda — uma grande preocupação do discurso nacionalista irlandês, especialmente nas primeiras décadas do século xx, mais tarde propiciou um paradigma para os desenvolvimentos mais elaborados no *Wake*. Esta é também sua primeira obra em prosa que não usa Dublin como seu tropo geográfico-histórico-cultural central. Isso pode ser atribuído ao fato de que a Irlanda, como entidade política, atingiu sua primeira realização moderna em 1922. A capital tinha finalmente alcançado uma centralidade que se harmonizava com suas pretensões. Não era mais a segunda cidade do império, a sétima cidade da cristandade, nem a metrópole deposta com a vida social de uma vila crescida. Dublin finalmente tinha um país a que pertencer; mais importante ainda, o país que até aqui tinha operado na ficção de Joyce como um território alijado — um lugar "fora dos limites" — agora tinha uma capital. Mas 1922 foi também o ano da Guerra Civil Irlandesa. O Estado recém-fundado foi imediatamente ameaçado pela desintegração. Em resposta à ameaça, o novo governo executou 77 republicanos no fim de 1922, entre eles Erskine Childers, parente de um dos análogos históricos de H.C.E., Hugh Culling Childers, ministro das Finanças e do Interior no governo de Gladstone. A guerra fratricida envolve a morte de um parente de um dos parentes do Homem Comum; daí a mutação posterior de H.C.E. no *Finnegans Wake* para Harão Creanças [Childers] Emancheia. A guerra começou com Rory O'Connor ocupando as Quatro Cortes de Dublin; o ano terminou com sua execução sumária. O último republicano e o "último preelétrico rei de toda Irlanda", a figura central do episódio "A casa dos cem cascos", dividem um mesmo nome e tem uma semelhante notoriedade em relação a um tratado que se refere à posse da Irlanda e a uma disputa quanto a quem terá a soberania sobre aquela terra. Dentro dessas simetrias históricas há também um elemento de aleatoriedade. Pois o velho rei, em seu sofrimento, usa seu "chapéu elástrico de Roderick Random", com a referência literária alterando mas não dispersando as coincidências histórico-linguísticas que Joyce explorou em sua busca pela conexão Roderick-Rory "coração de um Midleinster e supereminente senhor de todos" e o Roderick-Rory "afogado que estava de desgraça negra, como uma esponja fora d'água". Além disso, o sacrifício do condado de Leinster para Henrique II pelo rei Roderick no Tratado de Windsor é duplicado pelo sacrifício de Ulster para a Coroa Britânica — a Casa de Windsor — no Tratado Anglo-Irlandês.[28] A traição do território por um documento escrito, a transferência da soberania, a fratura entre Dublin e as províncias,[29] tudo está interligado nesta obra pela presença dos nomes, títulos e direitos.

Finn's Hotel é tanto uma extensão do *Ulysses* quanto uma antecipação do *Finnegans Wake*. Mas,

---

28 Sacrifício que gerou a divisão da Irlanda nos dois países de hoje.
29 A cessão da região majoritariamente protestante do território foi imediatamente vista como uma traição por parte da população.

quando os episódios, relatos, sketches ou "storiellas"[30] são lidos tematicamente como alegorias do tema da repressão — indicado pelas presenças de sentimentalidade e traição —, o estatuto integral, interconectado, dos textos de *Finn's Hotel* fica claríssimo. O cristianismo de São Patrício envolve uma repressão do mundo visual "irlandês", mesmo que ele seja em certo sentido "convertido" a ele pela língua improvisada do arquidruida. Mas Patrício não consegue entender a língua, já que ele próprio é o agente da repressão. São Kevin reprime a energia sexual na água da regeneração religiosa. O rei Roderick reprime o passado irlandês e sua própria traição com o álcool. A marca da repressão fica registrada na perturbação da língua da narrativa.

Em "O grande beijo", o mito de Tristão e Isolda é reescrito como um emblema céltico de traição e celebração sexual: o ato sexual de Tristão e Isolda é renarrado numa linguagem cômico-heroica exagerada, que lembra o jornalistês (em que o ato é parodiado como o relato de um jogo de futebol) e na lin-

---

30 *Finnegans Wake*, p. 267.

guagem da literatura "romântica", incluindo Keats, Byron e, acima de todos, Tom Moore, que fornece as "seis melhores citações de poesia nacional". O elemento de épico satírico ainda é explorado na linguagem irlandizada dos tradutores das sagas irlandesas, de João Escoto Erígena, e dos textos irlandeses para turistas. O ato de amor dos dois acaba sendo celebrado pelos pios (os quarks) das aves marinhas, que riem do rei corneado. É por essa ação que Tristão "há de ganhar dinheiro e marca!" e assim fazer seu nome. De fato, Tristão e Isolda são recrutados pelo discurso nacionalista irlandês; o elemento barato e vulgar da linguagem solapa o processo que envolve, no fundo, uma traição da história de amor, que se torna sentimentalidade fácil.

Quem está condenado a reencenar em termos históricos o que o mito proIepticamente antecipa são os Quatro Mestres — as "Quatro ondas de Erin" (que se referem às quatro grandes invasões: celtas, vikings, normandos e ingleses) — representantes de todos os historiadores da Irlanda, cujos famosos *Anais*, compilados no século VII, são um canto de cisne pelo desaparecimento de uma Irlanda gaélica sob a presença incontível da invasão e do domínio inglês. Como no episódio de São Kevin, a água aqui é um elemento de repressão, o meio que permite as invasões da Irlanda, o elemento pelo qual o estrangeiro é convidado a entrar e então repudiado e reprimido. Em "Bordões da memória", esses Quatro Evangelistas, velhos hermafroditas, ficam ouvindo o amor de Tristão e Isolda e reescrevem a história irlandesa, com extensões para a história mundial, como uma série de tentativas abortivas de chegar à terra por várias expedições aéreas, a começar pela captura de sir "Arthur" Casement,[31] em 1132.[32] Trata-se de um número cabalístico e de uma data estratégica na história irlandesa, por estar setecentos anos depois da chegada de São Patrício e setecentos anos antes das Reformas inglesas de 1832. E no entanto, além do fato de também terem essa fixação, as datas, como os nomes e os lugares, frequentemente nos escapam: o mares que dissolvem

---

31 Roger Casement, revolucionário irlandês morto em 1916, tema do romance *O sonho do celta*, de Mario Vargas-Llosa.
32 O número 1132, composto do cabalístico número do recomeço, 11, e da cifra da aceleração da gravidade em pés por segundo, representa portanto a ideia de queda e renascimento que é central a todo o *Wake*.

lembranças cuidaram de tudo. Os frágeis narradores e voyeurs são beberrões; sua boca se enche de água por causa da volúpia e da senilidade; e claro que eles também são de água: ondas que vão deixar suas marcas como as ondas do Mar Vermelho deixaram sua marca nos exércitos do Faraó e em Matt Kane, afogado no mar perto de Dun Leary (Forte de Leary, o mesmo rei Leary que aparece em "A tintinjoss de Irlanda").[33] Isso é a história tentando se escrever como narrativa potencialmente simétrica, derretendo-se infindavelmente de abstração numérica em elemento aquático; a água se torna a portadora da história, expedições passam da água à terra, Patrício desembarca no interior, em Tara, irmãos viram irmãs, homens se tornam mulheres, e as narrativas que os cercam viram compilações históricas, que por sua vez se tornam história popular que acaba virando fofoca local e música enquanto a trágica história de Tristão e Isolda se

---

[33] Kane era um conhecido do pai de Joyce, que se afogou em julho de 1904. Seu enterro é o modelo para o episódio de "Hades", no *Ulysses*, assim como para a presença constante da ideia de que há um cadáver boiando na baía de Dublin durante aquele dia.

converte numa celebração semilúbrica e semigaélica da sexualidade e da fertilidade; e num lamento pelo fato de nunca ter sido.

"A casa dos cem cascos" é uma retomada: um fim que é também um começo. O rei Roderick O'Connor, o "último preelétrico rei de toda Irlanda" (embora essa ultimidade seja conhecida apenas por nós), dá sua "assinchamada última ceia" e aí, com a partida de todos aqueles seus antecessores pré-históricos, sai catando os restos de bebida dos seus copos. A narrativa, a seu modo aloprado, é uma história, uma história de uma Irlanda que não veio a ser, em sentido histórico, até Roderick viver (ou morrer?) — pois o fato de Roderick ter cedido a soberania de Leinster para Henrique II no Tratado de Windsor em 1175 não levou imediatamente à assunção do título de "rei da Irlanda" por um inglês, o que só aconteceu em 1542, sob Henrique VIII; de uma Irlanda que entrou em mais uma primeira fase de existência com o nascimento do Estado Livre Irlandês; e de uma Irlanda que subsistia de maneira escandalosa e marginal ao viver dos restos abandonados por seus antigos habitantes e conquistadores — uma dieta simultaneamente excessiva e insuficiente, que equivalia talvez a "consideravelmente mais que boa parte de uma canequinha ou um odre de imperial medida seca e fluida". Enquanto bebe as sobras da história irlandesa, ele está preenchendo um papel histórico, voltando aos primeiros invasores e seguindo rumo ao futuro imperial. Do ponto de vista do historiador, o rei Roderick O'Connor é o último rei da Irlanda antes de ela entrar em seu período moderno ou secular. E no entanto esse estatuto conferido retrospectivamente não está disponível para sua própria consciência, e essa falta de consciência é emblematizada aqui por sua cômica entrega excessiva ao álcool. Em certo sentido, a medida dele e da Irlanda é serem imperialmente tomados; em outro, as fumaças espiraladas do passado são representadas pelo surto louco e nada régio com que a Irlanda moderna se reproduz e reproduz suas várias versões de um passado em outro ponto de virada na história, 1922, o ano do novo Estado (e o ano do *Ulysses*). A versão linear da história irlandesa — do passado mitológico ao mundo gaélico, deste ao moderno mundo imperial, deste para a independência pós-imperial — sobrevive, mas fica tão encapada de emblemas, símbolos e fofoca que acaba oscilante e tremeluzente, lutando para dominar a diversidade de material e a diversidade das formas em que se pode representar esse material.

A preocupação de Joyce com a relação entre soberania e posse continua no *Wake*, mas em *Finn's Hotel* ela se expõe de maneira mais clara. O processo pelo qual um nome vira título (e pode virar um direito) é revisitado no episódio "Homem Comum Enfim", que trata todo ele do nome de Earwicker, sua gênese, sua ressonância histórica e também seu completo anonimato, sendo tanto um nome quanto uma sigla que simultaneamente representa todo mundo enquanto também representa um único indivíduo: Humphrey Chimpden se transforma em Humphrey Chimpden Earwicker, Haromphrey, H.C.E., bonduque Umphrey e, por "prazível piada populácea que lhe deu por senso de tais normativas letras o apelido de Homem Comum Enfim". H.C.E. é soberano enquanto seu nome e sua identidade estiverem seguramente entrelaçados. Mas, assim que a fofoca a respeito dele começa, seu nome histórico e universal e sua identidade concreta são destacados um do outro: inominado, ele é um errante sem terra. Com um título, ele é soberano de "Lucalizod" (Lucan/Chapelizod),[34] da Irlanda, e do mundo.

Em "Eis que te carto", a esposa de Earwicker aparece para se dirigir à Venerada Majestade em defesa do nome de seu marido — e das letras de seu nome — contra a imputação de delitos sexuais e outras insinuações e sugestões dos irmãos McGrath (*mo gradh*, meu amor). A defesa de A.L.P. limpa o nome dele e ao mesmo tempo o incrimina. O casamento dos dois os transforma em um só; ela é "A.L.P. Earwicker"; e, no entanto, é viúva e seu marido já passou pela morte ou pela doença, "morbe". Eva está defendendo Adão como praticante de "lídimos negócios e prazeres": "nada de perverso subjaz a seu lícito, tradicional, aprovado pela polícia". A carta é firmemente assinada por "Dama Anna Livia Plurabelle Earwicker (única consorte legal de A.L.P. Earwicker) XXXX", sua marca, que é também seu quádruplo beijo. A história é uma estória. A fofoca é uma multiplicidade de estórias. H.C.E. é um homem e todos os homens. A.L.P.

---

[34] Subúrbios de Dublin, sendo que este último deve seu nome a uma corruptela do gaélico *Séipéal Iosóid*, ou seja, Capela de Isolda.

é uma mulher e todas as mulheres. A história dos delitos sexuais é em si própria a história da Queda, pouco nítida e contudo inescapável, a mais básica de todas as narrativas fundadoras e no entanto a mais questionada. É uma narrativa que é questionada na escrita. A escrita é a ação em que a única "verdade" será estabelecida, a fofoca e o mito são os agentes que complicam a narrativa única e, através da fala, combatem a autoridade da codificação pela palavra escrita.

Dentro do indeterminado opera o determinado. O mundo de *Finn's Hotel* é um mundo de ciclos de igualdade iniciados por momentos históricos pivotais — ou aparentemente pivotais. Joyce levou essa visão da teleologia para o *Finnegans Wake*, onde seus personagens se tornam meras entidades abstratas — meros signos —, que no entanto detêm em sua "memória" ciclos vitais inteiros, motivados por um mero punhado de tropos de estrutura profunda: sexo, gênero, autoridade, língua, raça, idade, relações e ritual.

O escopo quase exclusivamente irlandês das referências de *Finn's Hotel* permite que vejamos o fascínio de Joyce com o espetáculo de seu próprio país e de sua própria cultura tentando definir uma identidade para si próprios por meio de um saque histórico, da afirmação de características raciais que se manifestam na história, da suplantação por versões mais benignas de estereótipos desagradáveis e impostos. Joyce não participou diretamente do vigoroso projeto da Renascença Irlandesa; na verdade fez dele um objeto central de sua análise.[35] A percepção da identidade tinha o estabelecimento da diferença (irlandesa) por seu objetivo; e resultou, para seu próprio transtorno e destruição, na reprodução do estereótipo, na igualdade reescrita como diferença. O alcoolismo, a repressão sexual, o domínio clerical, a sujeição à invasão e ao "estrangeiro", a rebelião contra o domínio, a traição da rebelião, uma teologia de terra e paisagem, a centralidade da escrita, o destaque dado à fala, a elaboração de métodos linguísticos para contornar a lei — todas essas coisas são características tipicamente atribuídas aos irlandeses, tanto por outros quanto por eles mesmos. É à tentativa de converter essas marcas de repressão em

---

35 Em *Finnegans Wake* (p. 344), ele se refere o Celtic Twilight, o Crepúsculo Celta de W.B. Yeats e outros, como *cúltica twalete*.

marcas de liberação que Joyce retorna. A identidade se evapora em estereótipo no próprio processo de se estabelecer. *Finn's Hotel* acompanha esse processo em termos puramente irlandeses; como tal, propicia uma iluminação retrospectiva para os trabalhos anteriores e prospectiva para o *Wake*. Por não ser sincrético e enciclopédico como o *Wake* e ao mesmo tempo estar em grande medida incorporado a ele, *Finn's Hotel* é tanto o grande livro *in nuce* quanto uma obra distinta, e seminal, por conta própria.

COLABORADORES

Danis Rose, de Dublin, Irlanda, é um textualista. Ele é coeditor, com John O'Hanlon, do texto criticamente estabelecido do *Finnegans Wake* de Joyce (Penguin Classics, 2012; Houyhnhnm Press, 2010). Suas publicações incluem *Ulysses: a New Reader's Edition* (Mousehole, 2004), *The Textual Diaries of James Joyce* (Dublin, 1995), *Understanding Finnegans Wake* (Nova York, 1982, com O'Hanlon) e *The James Joyce Archive: 28-63* (Nova York, 1977-78, com Hayman e O'Hanlon).

Seamus Deane, poeta e professor de estudos ingleses e irlandeses, é membro da Aosdána e da Royal Irish Academy, diretor fundador da Field Day Theatre Company e editor da *Field Day Anthology of Irish Writing* e do *Penguin Joyce*. É autor de vários livros de poesia, um romance e de estudos de crítica literária. Nasceu em Derry, estudou no Queen's College e na Universidade de Cambridge e hoje mora em Dublin.

FINN'S HOTEL

1

A TINTINJOSS DE IRLANDA

Grandón do pidgin joss Berkeley, arquidruida da tintinjoss de Irlanda,* em seu heptacromático seticolóreo vermelhanjarelivérdigo manto explicou pois a Patrício, o albedo, o silente, as illusiones do coloroso mundo de joss, sua mobília, mineral à vegetal à animal, surgindo ante os quedos homens com apenas um reflexo das diversas irídicas gradationes da luz solar, aquela cuja parte de si se tinha mostrado incapaz de absorbere; enquanto que para o vidente que interioriter contemplasse a vera dentridade do real, a coisa como em si a coisa é, todos objetos se mostravam em suas reais coloribus, resplendentes como a sêxtupla glória da luz que deveras se neles retém.

Em outras palavras, à visão assim desselada os chamejantes cachos do rei Leary surgiram da cor do verde da azedinha enquanto que, por passar a seus trajes de seistons, o kilt açafrão de Sua Majestade parecia ser do matiz de férvido espinafre, o régio

---

* Em pidgin english chinês, *Joss* é *Deus* [A palavra portuguesa é de fato a origem do termo], *pidgin* [de *business*] são *negócios*, *tintin* é *saudação* ou *louvor*, de modo que *Grandón do pidgin joss* significa *bispo*, e *tintinjoss* significa *religião*. Não haverá mais notas ao texto. (N. T.)

doirado torque em seu peito, do tom de enroscado repolho, a verdejante capa do monarca como a verdura dos lauréis em folha, o senhoril cerúleo de seus olhos tinha aparência de tomilhos sobre a salsa, a esmaltada gema indiana do anel maledictório do monarca era tal que olivácea lentilha, os violáceos bélicos edemas dos traços do prínceps se viam tintos uniformemente como em caldo quente de sennacássia.

2
BONDADE COM PEIXINHOS

Logo após chegar a nado nesse vale de lágrimas o estrangeirim do Kevineen se deliciava brinquejando com a esponja toda noite da banheira. Já menino inebriado pelo zelo da santa religião que lhe fora instilado no colo da avó a velha senhora Jones ficou cada vez mais pio e abstraído como quando sabe Deus quando, ejaculando uma indulgência de quarenta dias e dez quarentenas, sentou no prato de caldo de cordeiro.

Ele simplesmente não tinha tempo para moças ou coisas e sempre dizia à caríssima mãe e às caras irmãs como o quanto a caríssima mãe e as caras irmãs lhe bastavam e pronto. Dele mais se nos diz que aos seis anos de idade escreveu uma redação premiada sobre a bondade para com peixinhos de água doce.

3
UMA HISTÓRIA DE UM TONEL

Kevin nato na ilha de Irlanda oceano irlandês

tendo em privilégio recebido altar portátil mais banheira vai ao Lough Glendalough entre rios

onde pio vive Kevin solitário numa ínsula do lago

em cuja ilha, ponto por cinco cursos d'água perimetrado, há lagoa

onde repousa ilhota sobre a qual constrói sacro Kevin uma cabana-colmeia cujo piso sacrérrimo escava Kevin à fundura dum pé

isso feito vai à margem do lago venerável Kevin e repetidas vezes enche d'água a banheira que repetidas vezes verte venerabilíssimo Kevin no cavo da cabana assim fazendo poça

feito isso beato Kevin semienche uma vez a banheira d'água banheira que então beatíssimo Kevin acomoda no centro da poça

depois disso cinta, santo Kevin, a batina nas

pudendas e senta, beato são Kevin, em tonelado banho de assento circunféreo

    onde, doctor solitarius, medita com ardor sobre o sacramento do batismo ou a regeneração do homem pela água.

4
SEUS ENCANTOS DELA

Por pena que tinha tinha ela até às vezes pena do maldito do diabo em pessoa lá jogando paciência dos demônios depois de um almoço ao bafo quente e se abanando com as chinelas de amianto na despensa mais fresca do inferno.

Por caridade que tinha ela um dia quando era frio de de frio se espirrar encontrou uma mendiga no parque e, sem troco que tivesse consigo, foi detrás de uma amoreira, despiu-se da anágua de folhinhas que doou à mendiga que instantaneamente desapareceu (sendo ela de fato Santa Dympna que montou de propósito tal mostra de pobreza) junto com a anágua.

Em outra ocasião houve uma pestilência causada por certo dragão que disse que havia de para sempre continuar a não ser que ela tirasse toda aquela roupa domingueira e caminhasse pela Irlanda, dando a mão esquerda ao mar.

Então ela foi, mas fez-se pintar de verde em todo o corpo até onde permitisse a mãe natura. E quando ouviram eles os gemidos das Sidhe dizendo que se fora, a fraqueza da morte caiu sobre eles e baixaram todos as todas persianas de Irlanda. O dragão naquele mesmo momento caiu no si de tais limpas ideias e se converteu e entrou para um convento.

Ela conseguia fazer duas coisas ao mesmo tempo, conseguia picar e ler a Corte de Harry Coverdale, só por vezes era que se via estudando alguma coisa como quando sabe Deus quando sentou no prato de sopa.

E benesses, benta a bela face, sacudira coquetéis, sério, para pistoleiros, revolvistas, parabelantes e municiosos de cada baronato de Irlanda.

Por prudência que tinha ela sempre deixava a chave do armário na tranca do armário, a pena do tinteiro no gargalo do tinteiro, e o pão sobre a mesa quente. Nunca se perderam. E nunca uma mentira sua foi desmascarada. Tinha nada de simplória.

Por saber que tinha de geog conhecia que a Itália era um coturno, que a Índia era um presunto rosado e a França, uma colcha retalhada, e sabia fazer o mapa da Nova Zelândia, ilha norte e ilha sul, sozinha.

Por saber que tinha de zool conhecia o cordeiro, cordeiro ovelha nova.

Por encanto que tinha sabia gerir no palco suas pernas em meias nuas sob a saia mais reta possível nas diversas posições que de certinha, tia Ananse, de escadinha e ervilha verde, stella cometa, ama--me-mais, brinda-me-rara, cama-de-amores e faz--me-de-amor.

Por saúde que tinha só ela na casa pegou sarampo quando bebê de mamadeira.

Por economia doméstica que tinha limpava a chaminé ateando fogo ao Irish Times e mandando brasa viva cano acima. E lavava a parede apoiando o guarda-chuva e as galochas de boarracha encharcados pinguelantes lá num canto.

Meu Deus, que tinha embalo aquela lá, meu Deus se tinha!

Por piedade que tinha todo dia Deus lhe mandava sobre a terra sua oraçãozinha única lá dela, seu paiglosso de cinco segundos do terçol noturno de orações, que assim saltava:

Panó tanucé
ficassunome
nossivorreino
jossavontade
saterrocé.

Pundia nudaiô
danossufen
sicumadamo quinustofedido
nundexai cos batatão
vainosmal. Omém.

5

O GRANDE BEIJO

Quando lenta a nau dos dois, a Morte Silente, estando leve o mar, sobre a face do abismo movida por cortesia de Deus tal formoso gaélico latagão queimado de maresia, campeão de rúgbi e futebol, e a verabela de Lucalizod mais-que-um-encanto em seu brocado azul oceano com mangas de pétalas de íris e um sobrevestido de rede cerzida com ouro benhantecipadamente à mais nova das provas da moda se mervelhantemente cachuchavam quando escurece enquanto ambos se dissimulavam na moradeira dezoito-polegadas por trás da cabine da comissária de abordo enquanto ainda com sinistra destreza ele alternadamente manudireitesquerdeava de proa a popa, impedido e de escanteio seus palpáveis bulbos ovoides e esféricos. Ela, depois de uma tosse, murmurantemente então deu ordem firme que é pra já se ele por favor não se incomodava com um tanto mas não muito das seis melhores citações nacionais de poesia que reflitam a situação, desde que estivessem um ou dois degraus acima de a noite é bela e brilha a lua na janela e tudo isso, a pura verdade sendo que sendo ela amante nata de natura em todos seus sentidos e humores, à luz da lua, da lua de prata, ansiava por conchar-se antes da nuademel sorvendo ao mesmo tempo alentos longos do mais puro um ar do mar, sereno mar, e refestelando-se na imensa paisagem. Tal boca de mandíbulas votadas à pura beleza de pronto lhe-ilocucionou favorito botão de flor da lira tintinante em hexâmetro decassilábico iâmbico:

— Rolai, profum doescur omar azul rolai!

Nossa, foi lindo demais que eu nem tenho palavra, aquela toda sensação. O mar, de delicado matiz adornado dos plenos encantos de natura, com suas ondículas comportadinhas (com todas aquelas horrorosas e grosseiras lá de Belfast e da região de Lagan Lough muitíssimo devidamente trancadas num cubículo) estava verdadeiramente lindo mesmo na hora média da noite e mais especialmente por ser ele definitivamente o homem certo no lugar certo e as condições meteorológicas não poderem ser melhores. Que se loe o liso mar. Era arrolada por rolar nessescur omar azul que rolava à roda toda da ronda rolada que Robert Roly arrolava à roda. Beleza de tirar o fôlego, a mais linda de Irlanda, só fitava enquanto ele de sua altitude de jarda e centitrintaiduas linhas seus globos de englobar o mar global miravam Ah miravam Ah giravam que miravam de liravam nos olhos escuros de mares rolantes da moça.

— Muitíssimo obrigada, suspirou, empolgada com o oliváceo pulsar do pescoço dele nu, e muitíssimo de novo por tal minicitação. Que como que fez tudo tão muitíssimo perfeito. Que coisa mais delicada!

Amoroso acima de todos, ele, esmagarrosas, empolgador, motor de seus suspiros, tendo prealavelmente desflegmado a gorja da pruriente névoa da garganta, com seu braço útil ocupado na linha de fundo bem ao sul do ombro oeste dela, enunciou o que se há de seguir com grandiosa paixão de sua altaneira faringe:

— Isolda!

Ah, se ela não quiser!

Por elevação de pestanas rumo ao louro seu amado foi que insinuosa ela invocou a desideração de ulterior declaração.

Foi ele instante e declarou:

— Isolda! Ah Isolda! Sol da alma e mão irmã! Quando esse Elaponto sir Tristão binoculiza seu imprecatadíssimo ego subconscientissimamente sente a deprofundidade de multimatemáticas imaterialidades pelas quais na pancósmica ânsia a omnimanência dAquilo Que Em Si Próprio é Seu Próprio Aquilo exteriora-se neste nosso plano em desunidos corpos sólidos, líquidos e gasosos em nacaradas intuições passionarquejantes da Pessoidade reunida no hiperdimensional Pan-eu deseguificado.

Ouvi, Ah ouvi, todos vós aqui arencados!

Fecha a porta dos teus mares! Via Láctea, esparge opaca luz!

Foi bem aqui que se deu uma coisa bonita. Quando a lisonjeira mão da moça, de pura diversão, quiçá houvera jasmimente bem na hora exata fechado-lhe a casota ela vívida, surda de amor (Você a conhece, aquele ser tão anjo, uma das mulheres de fado encantadas da paixão! Você cai por ela! Você a acha linda de morrer!), com um estranho gritinho reuniu labiolacteamente a dela a dele então as deles desunidas bocas quando prelinguavam a dourada oportunidade de uma vida veloz como porco ensebado o campeão de Armórica com uma só viril estocada línguea mandou o mensageiro avançado do amor direto para lá da dupla linha de centroavantes ebúrneos como artilheiro benhalinaquelafresta rumo à meta da garganta.

Agora, eu estou te dizendo isso direto, de homulher a mulhomem, que papalvos pensamentos alvos você nisso por exemplo com candura suporia ter ela, belo exemplo da jovem moderna velha antiga princesa irlandesa, com bons dezoito palmos de altura e marcando sessentedois quilos e meio no padoque com seu vestidinho de madapolão e nada sob o chapéu que não cabelo rubro e sólido marfim sem esquecermos um par de olhos sensuais de primeira tintos do mais profano castanho naquele preciso momento psicanalítico a respeito do velho chato do rei Mark, aquele velho chato daquele bode sem leite com sua varinha oficial e seus tubos bronquiais, o velho chato daquele castor orangotango com aquelas velhas chatas daquelas calças de um xadrez de vintedoisesseis pence? Não chegava nem a uma pitada de cocô de galinha e essa é a coisa mais malvada de que já se soube desde que Adão estava de cadete na mirinha. Não, sabe Deus, longe disso, se há que se saber a verdade nuecrua já no primeiro rubor amorosa ela engoliricou o polpudo propulsor de seu americano e ambos juntos sob o céu mais elegante saíram todos amansando-se à pachorra me morra me amores me Ah depois do quê, primeiro crendo em segurança, antes de acabarem os dez segundos regulamentares a volucre Britânia consideravelmente permitiu que ele relaxasse a alavanca do largifamoso afogador da vela de ignição e precavidamente retirou o instrumento de fala racional da procatedral da sedutância amorosa.

— Estou muito satisfeito de ter dado com você, Tris, seu fascinator! Miss Erin disse quando ganhou-se livre, rindo ao mesmo tempo deleitosamente em covinhante extasiamento, estando imensamente revigorada por sua gratificante experiência com o abraço amóreo de um figurão mui continental assim como ele dotado de bela face que bem valia olhar com uma interessante tez de sebossuíno da qual se muito esperava enquanto astro cinemático pois ela plenamente percebia ser ele evidentemente uma notoriedade no departamento poético igualmente pois que a nunca via beber uma laranja sem lhe oferecer o trazimento da marmita e pra te encurtar a história considerando-o grossomodo o uniquíssimo rapaz de sua escolha significava basicamente tudo para ela bem ali, seu ideal ideal do vero amigo de uma moça com sangue rubro pelas veias nem feimenso nem fofinúsculo.

Sobre eles aladas urlavam as aves estrídulo júbilo: mandrião, gaivota, maçarico e tarambola, peneireiros e tetrazes. Os pássaros todos do mar iscaram martreiros quando oiviam o grande beujo de Trustão e Usolda.

Assim ciciavam-se os cisnes:

Três quarks a Muster Mark
Que claro já de há muito mais não carca
E claro que se faz só faz errar a marca
Mas Oh Tordáquila Voalto, não seria uma fuzarca
Ver aquele urubuzão que vem que se açambarca
E caçando as nossas calças pintalgadas perto do Palmerston Park.
Hohohoho Polveroso Mark
Sois o mais doudo dos galos que Noé volou da arca
E achais que sois galináceo de alta marca.

Foi falta! Tristo é o rapaz que ora embarca
A catá-la acatá-la casá-la acamá-la e encarná-la
Sem nem piscar uma pluma da cauda ou da ala
E é assim que há de ganhar dinheiro e marca!

6

BORDÕES DA MEMÓRIA

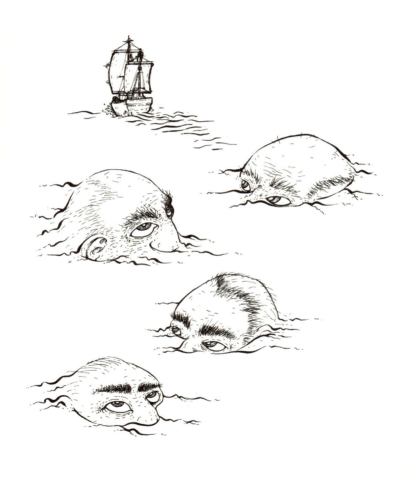

As quatro ondas de Irlanda ouviram também, apoiadas em bordões da memória. Quatro eminentemente respeitáveis velhos damaradas pareciam, trajadas em desamassadas vestes demissas para a ocasião, barrete cinza meialtura, casaco alfaiatado a combinar, óculos salares e assim por diante, sabe como, entudo e portudo, fora a salobridade, o quarto visconde de Powerscourt ou North, leiloeiro na anual feira equina da sociedade dublinense.

Tinham visto o que lhes bastasse: a captura de sir Arthur Casement no ano de 1132, a coroação de Brian pelos dinamarqueses em Clonmacnois, o afogamento do Pharaó Phitsharris no mar (prolepticamente) vermelho, o afogamento do pobre Matt Kane de Dunleary, a dispersão da armada Flamenga nas costas de Galway e Longford, o pousio de S. Patrício em Tara no ano de 1798, a separação da frota franca do General Boche no ano de 2002. E era tal sua memória que tinham sido nomeados professores nas quatro principais sés do saber de Erin, as Universidades de Matoucura, Matentodos, Sentrematem, Matimorte-Sôbolo-Chão, donde telegrafavam quatro vezes por semana nos quatro modos da história: passado, presente, ausente e futuro.

Viúvas do mardelargo todos, tinham sofrido havia muitas eras divórcios sumários de parte das respectivos maridas (com quem se mantinham em termos amicabílimos) por um decreto absoluto exarado pelo Meritíssimo Juiz Piante no tribunal de criminosos machos matrimoniados de Bohernasondas, um por ineficiência no coçar de dorsos, dois por terem soltado seus gases sem primeiro protocolar solicitação por escrito em papel-ofício timbrado, três por terem tentado toscas familiaridades depois de uma refeição decomposta de siris, quatro em função de suas feições em geral. Apesar de ter isso sido tudo há tanto tempo, podiam ainda puxando pela memória e contando acuradamente os quatro botões liláceos das braguilhas lá das cuelcas recordar o nome das quatro lindas irmãs Salmoroivas que estavam no momento percorrendo os Estados Unidos da África.

Mas de pronto fizeram-se urgicantes, atraídos pela rosa imortal da beleza do Uteromem. Viviam tentacularmente a pender das cinturas náuticas dos botes de Northwall e Holyhead e dos vapores de turistas da Ilha de Man, espiando com glaucomatosos olhos pelas escotilhas cataráticas de cabines de luas de mel ou de apartamentos toaléticos das senhoras dos salões. Mas quando ditos vetustas, as Quatro Ondas de Irlanda, ouviram a detonação da osculação (cataclísmico cataglotismo) que com ostentação (*osculum cum basio necnon suavioque*) deu Tristão em Isolda, então soltaram alto à roda das praias de Irlanda o uivo do prantocantado dos velhos.

Altissonaram as idosas Ondas de Erin em Palestrina melodia a quatro vozes, quatro contra todos, todos em só gáudios de nênias de só solidão dessa idade mas com bárdica licença, havendo em volta de aves e estrelas e ruído o que aprouvesse em quantidade.

Espraiamaram seu poemarola:

Um céu sem aves, tardemar, estrela;
Baixa no Oeste
Amas a imagem, mas mal podes vê-la;
Não esqueceste

Olhos marfrios e as ondas no cabelo
Perfumado
Caindo, que o silêncio há de vertê-lo
Em sol levado:

Um ai por quê,
Um ai por que te hás de lembrar
Um ai,
Rechora, peito meu,
Se num suspiro o amor dela se esvai

Nunca foi teu!

7

FIRMAMENTE AO ESTRELATO

Isolda, com longífamos cílios borboletocando a propíncua e largífama face dele, sentiu-o mais doce que ameixa ou cereja, que bombons ou bolinhos da Lipton, que o vale dos crátegos no mês de maio, primeira quinzena, que a melhor música de banda pelo ar, que lindamente pesante de soninho. Murmurou tontolhecente:

— Meu precioso, desde que nos despedimos parece-me ter estado continuamente em companhia tua, mesmo quando fecho os olhos à noite. Fico vendo-te continuamente, ouvindo, te encontro em lugares diversos, tanto que começo a já pensar se minha alma não se vai do corpo enquanto durmo e te procura e mais ainda te encontra, ou quiçá seja apenas fantasia. Diz, Daniel, meu precioso amor.

Ele, seu pracinha dos alvos cabelos, herói de partidas às dezenas, portador da bola ao ataque, osculador de centenas, defensor de milhares de zagas, ejaculador às jarradas, envozalto fungou, com sua voz nasal caindo em estranha ineficaz voadora, assim; na língua da diplomacia:

— Mais Bourquoi es-tu andrée dans mafie, Henriette? Je groyais mon âme déjè morte.

Ela ergueu a cabeça, olhos sumamente satisfeitos. Pois ora mais que bem ela como que entendera dessa sua nonchalaça que era ele escravamor por toda vida, que era ela a certa ela e não aquela escabelada fosca daquela carapinha de piche da Kate Agnes Halloran.

Ele, o cavalheiro caradessoda. Primeiro, mártir da indigestão, era como que suscetível a hemorroidas provindas do sentar-se em muros de pedra enquanto se refestelava na beleza de natura e acima e além disso de quando contraiu teimosa tosse por médico aconselhamento do doutor Codd andava mandando para baixo poções diárias de extrato de casca de salgueiro por se proteger da gripe irlandola. Com febril palor, indicando a ação do alto-mar num estômago abstêmio, ele contemplava os santos fantasmas de seus amores graduacionais, Henriette sobre a meda de feno, Nenette de l'Abbaye atrás da porta da taberna, Marie-Louise toda nugas, toda pulgas, bebinha Suzanne salve-se-quem-puder, e, não esqueçamos, a ossúdea zeladora do pároco local. Medonhamante, ele olhou para ela com vistas de amores idos e de crepes.

— Sorríseo Johnny, apelava ela ginelexicalmente, gemes tu por mimimim nem só um pouquim?

A contratempo e parcialmente autestrangulado ele tentou replicar:

— Senhora, não estou à altura. Mal conheceis o passado dum homem. Por que houvemos de nascer em dois lugares diferentes? Para que houvemos de nos encontrar, ontem por assim dizer? Por que esse estrangulamento, esse anseio por um *bonum arduum* em oposição a um *bonum simpliciter*? Aceitaríeis porção de meu coração dividido? Posai, pois ai, pois pela morte em, com, por e por conta de minha bem-amada eu mudo anseio.

— Ah, engula a soluçância, vamos, meu bom-amor não há de assim falar, a audaz felina impaciente respondeu depois de paciente espera que durou a droga toda do jantar de lombinho queimado e ignóbeis batatas com todo mundo falando da vaca-fria ao doce só de lombos e papas puradas e da bunda do porco ao repolho do dia de ontem e eles dizendo que aquilo não era um nadinha diante da carne de boi fervida em lagarto da cozida-feira anterior ainda e da carne de panela com nabiça arroxeada e da covre-flor igualmente ignóbil sem um nadinha de apetite quando uma simples garrafa de cerveja e uma torta de groselha já lhe teriam bastado. Amor queria, o maior do mercado, vero novo cego amor sem fundo e de alta velocidade, atordoante amor aprimeiravista estontumanitário de homem das cavernas, a superjoia universal, razão pela qual ela de novo o beijava, e ele, cavalheiro inato com o dom de enrubescer bem como o do gamão, contrabeijou porque se tratava de sua única máxima nessa vida que se uma dama, por exemplo, calhasse de ter uma libido por um naco de lasca de queijo Stilton e ele calhasse, digamos assim, de ter no bolso um quarto de libra ou coisa assim de gorgonzola verdechulé, orabolas ele ia simplesmente meter a mão no bolso, sabe como, e, ora, simplesmente lhe daria o queijo, não é mesmo, para ela tascar os dentes. Contudo, primeiro e acima de tudo, antes de testar-lhe o triângulo para provar se era como diziam os jornais virgo intacta, ele perguntou se ela já se tinha deixado levar por clandestina fornicação com ou sem contraceptivos.

— Não, nein, nunca nesse mundo de meu Deus, mais cândida que a neve virgem, sua quase tia jurou enquanto se adesivava àquele seu grande ombro esquerdo. Pela racha amachadada minha! Pelos pelos dos meus caros pais! Pelo inviolável orvalho de Benbulbin! Pelo arenque d'água fresca de Pullan, chéri! Saqueador algum jamais abordou, jamais contemplou as cem delícias das liças cá na raiz das maravilhas.

Seu pranteante abraçador apontou para a hoste sidérea. Por elas fê-la jurar, as que foram e são e serão, as que silentes semeiam, que rompantes reluzem, que aos cicios cintilam, nossa verdadeira casa e (como ele uranograficamente comentou) faróis dos amantes no além.

Para cima miraram, firmamente ao estrelato, enquanto no olho de sua meninota o amante senhamor, pecante sempecar, respirou:

— Quão cavalheiresco sou, Issi. Nunca magoo os sentimentos de outrem.

— E, Tris, quão doce é meu natural, não é?

Não foi exatamente algo que ele tivesse dito ou não foi algo que ele tivesse exatamente feito, mas mesmo assim foi alguma coisa nele como aquele jeito de estar sempre metendo o dedo no bolso das calças e aí espetando no olho que nem bebê nacidra, o grande bobão, ou aquela vez em que ela derrubou o picolinúsculo lencito e como ele tão graciosamente o apanhou com o casco de cá e o ergueu de um chute tão polidosamente dado até seus dentantes picolinúsculos. Lacrimava ela.

— Vá embora instantaneamente, rugia, ralé!

— Ótimo, ele disse, sua vaca.

Ele saiu-se à francesa e circulou conforme solicitado. Antes de se passarem muitos instantes soltou ela um assovio. Ouvindo chamarem seu nome, sagacissimamente ele interrompeu o passo em torno e virou-se contra ela, agora parecendo prenhe de firmeza como que a dizer.

— Que essa tua alma podre e nojenta vá secar no inferno, sua coisa, e tudo que for teu vá também!

— Não, volte, ela mirava. Não-me-esqueças. Te quero tanto assim.

— Está ótimo, seu praticamente sobrinho disse.

Tendo já parado, ele se virou e circulou em direção reversa e de pronto deteve-se vis-à-vis sua tia vindoura que o recebeu dizendo:

— Quão nobre foi tua resposta a nosso chamado, ó lealdade.

8
A CASA DOS CEM CASCOS

Mas enfim depois disso para dar cabo de vez do longamente enenarrado dia festivante, o aniversário de sua primeira santa comunhão, depois desse mesmo churrasco afeijoado ter-se findo, o coitado do velho rei Roderick O'Connor, persumo chefe polemarca e último preelétrico rei de toda Irlanda, que tinha qualquer coisa pode ir chutando aí entre cinquenta e quatro e cinquenta e cinco anos de idade na ocasião depois da assinchamada última ceia que grandiosamente dera aos cavaleiros de malte e suas servajas em sua umbelífera casa dos cem cascos, ou ao menos não era de fato então o último rei de toda Irlanda por enquanto pela simples e clara razão de ainda ser naquele instante o eminente rei de toda Irlanda em pessoa depois do último preeminente rei de toda Irlanda, o outróreo camaradinha engraçadão que veio antes dele, rei Art MacMurrough Kavanagh das perneiras de couro, ora de partes não sabidas, guarde Deus sua alma generosa, que pôs uma ave caçada à socapa no pote de papa do pobre antes de se recolher ao seu palhácio com puses de eczemas até que a sorte nos prepare e não é que acabou morrendo mesmo assim no ano em que faltou açúcar e até ele ficou com três vaquinhas que lhe eram carne e bebida e cachorro e roupa lavada, é bom porque nós temos que lembrar, mesmo assim, espera só eu te contar, o que foi que ele fez o coitadinho do velho Roderick O'Conor Rex, auspicioso monarca impermeável de toda Irlanda, quando se viu sozinho da silva em seu grandioso monturo histórico depois de todos terem todos saído de vez como podiam, montados a pé em fila estendiana a uma árvore de distância da trilha mais longa a sair, pela estrada-estranha-russa, os desimportantes Partalônios com os bolorentos Firbolgs e os tronchos dos Tuatha dé Danann e todo o resto dos poucabostas e outros cachassorrateiros suburbanitas a quem não dava um mero régio cuspe de sua boca ostensível, bom, o que pensam vocês que ele fez, senhores, mas de faxto ele simplesmente foi dequatrante pelo leito derramado de vinho e rolhas carunchadas que lhe davam pelos joelhos à roda de sua própria mais--que-régia mesa ronda dos arroubos dos velhotes, com seu velho chapéu elástrico de Roderick Random assim meio de fianco, o corpo que te era de dar pena, como anda esse mundo, coitadinho dele, o coração de um Midleinster e supereminente senhor de todos eles, afogado que estava de desgraça negra, como uma esponja fora d'água e cantando bem sozinho em meio às lágrimas sarapantadas pelos mais monárquicos arrotos tenho tantotra balho atrabalho a fazer afazeres fazalhoatrazer, bem, o que foi que ele me foi fazer Sua Exuberantíssima Majestade o rei Roderick O'Conor senão, arre cacilda, finalizar rebaixando a garganta lanosa com a maravilhosa sede meianôitica que tinha que ardia em vontades e pode crer que ele claro que chupou que nem troiano, em certos casos particulares com a assistência da venerável língua, quaisquer relíquias de uca braba, mil pidões, deixadas pelos pigros preguiçosos nos diferentes fundos dos vários diferentes utensílios beberantes replenifincados abandonados por eles no recinto quando partiam os honoráveis rumoaolares, como fosse, pouco importante fosse Guinness engarrafada no chatô ou cerveja da fábrica Phoenix ou fosse John Jameson and Sons ou Roob Coccola ou, a bem dessa verdade, a famosa birra dublinense de O'Connell que ele morria de vontade de querer de garantia, de diversas diferentes quantidades e qualidades chegando no todo a, devo dizer, consideravelmente mais que boa parte de uma canequinha ou de um odre de imperial medida seca e líquida.

9
HOMEM COMUM ENFIM

No que concerce à gênese do agnome de Harold ou Humphrey Coxon e descartando-se de uma vez por todas as teorias de fontes mais antigas que o ligavam a ancestrais pivotais tais que os Glue, os Gravy e os Earwicker de Sidham em Hundred of Manhood ou o proclamavam descendente de vikings que tinham fundado ou colonizado Herrick ou Eric, a versão mais bem autenticada diz que foi assim ó. Ali ficamos sabendo como foi que, como o repolhante Cincinato, o grande jardineiro de tempos d'outrora estava fazendo horário de verão numa tarde de sabá do paraíso pré-queda seguindo seu arado atrás de raízes dessisas no jardim defundos de sua hostelaria marinha quando anunciou um corredor que à realeza lhe aprouvera deter-se lá na estrada em que se lançara à caça à cãoposa. Olvidado de tudo além da simples lealdade de vassalo ao etnarca, Humphrey ou Harold não deu ouvidos a jugos ou selas mas escafedeu-se ensuarado como estava (a bandana molhada pendente frouxa do casaco de bolso) para o pátio defrentes da estaberna, de peluca, sobrecilha, calção de golfe e botas buldogas almagradas de marga rubra, tilintando as chaves da cancela e sustendo bem alto entre os fixos piques dos venatores um alto poleiro por sobre o qual se fixava um vaso, desemborcado. A sua majestade, que era, ou fingia ser, perceptivelmente de vista longa desde a mais tenra infância e estava querendo inquirir o que houvera causado que se escavasse a estrada tanto assim, pedindo alternativamente, que se lho dissera se acaso não eram paternoster e silverdoctors iscas mais na moda para armadilhas de lagostas, o franconesto Haromphreyld respondeu em tons seguros mui similarmente com destemido cenho: Ná, samaguestá, queu só tarra pegano sas porra sas tisurinha queis chama irwik. Nosso nauto imperador que drenava uma moringa de óbvias águas, com isso, deixando de engolir, sorriu cordialíssimo por sob seus bigodes morsinos e, deixando-se levar pelo amistoso humor que Guilherme o Conque pelo lado materno tinha herdado junto com uns dedos meios curtos da tiavó Sophy, virou-se para dois de seu séquito de mercenários, Michael, lorde herdeiro de Leix em Offaly, e o prefeito jubileu de Drogheda, Elcock, sendo os dois trabucos Michael M. Manning, protossíndico de Waterford, e uma excelência italiana chamada Giubilei segundo uma versão posterior citada pelo erudito academiarca Canalan de Quemaisquenóis, e comentou trililindo:

— Santossada, como fumaria audivelmente nosso rubro irmão de Chuvenbaldes se soubera que temos por bailio um canceleiro que reveza de cão seleiro além ainda de earwikar!

Vem a pergunta: serão esses os fatos conforme os registros de ambas ou cada uma das narrativas andrewpaulmúrphycas colaterais? Veremos talvez não tão cedo. O grande fato permanece de que depois dessa histórica data os hológrafos todos até aqui exumados e rubricados por Haromphrey trazem a sigla H.C.E. e, porquanto continuasse sempre e apenas e constante bonduque Umphrey para os fornáceos mequetrefos de Lucalizod e Chimbers para os chapas, foi igual e certamente prazível piada populácea que lhe deu por senso de tais normativas letras o apelido de Homem Comum Enfim.

E um imponente Comum ele sempre semelhou deveras, constantemente idêntico a si próprio e magnificamente merecedor de tal universalização, toda vez que continuadamente inspecionava do bom começo ao finfeliz a reunião verdadeiramente católica reunida unitariamente de todo canto vinda para aplaudir unanimemente a companhia de W. W. Kelly na peça do miléculo Um Divórcio Real com ambiciosas seleções bandais no intervalo de The Bo' Girl e The Lily e todas a noites com domínio de gala de seu camarote vice-real onde, verdadeiro Napoleão IV, o pai de todos os povos em todos os tempos restava, contando com a integralidade de sua casa a sua volta, com o indefectível lenço desfraldado refrescando-lhe pescoço, cachaço e omoplatas e com um smoking com painéis de guarda--roupa completamente aberto e uma camisa que bem se poderia chamar de um estouro, em cada ponto de longe maisgomada que os martelos lavados asseco e as cômodas com tampo de mármore da plateia e princípios da galeria.

Sentido mais vil já foi lido nesses caracteres cujo sentido literal a decência pode segura apenas vagamente insinuar. Já foi perdigotalmente boatificado por certos espertalhões que ele sofria de uma doença vulgar. Para tal sugestão a única resposta movida por respeito próprio é afirmar que há certas declarações que não deviam ser, e gostaríamos de poder acrescentar, não deviam ter permissão de ser feitas. E nem puderam seus detratores que, raça de sangue imperfeitamente quente, aparentemente o concebem como grande lagarta branca capaz de toda e qualquer enormidade no calendário registrada para descrédito das famílias Juke e Kellikek, solidificar suas alegações ao insinuar que, alternativamente, esteve ele certo tempo sob a bisonha imputação de perturbar fuzileiros galeses no parque. Para qualquer um que tenha conhecido e amado a Cristicidade do grande gigante mentelimpa H. C. Earwicker durante toda sua longa existência, a mera sugestão de que seria ele um fuçaluxúrias à cata de mauscaminhos caídos em suas armadilhas soa particularmente patusca. A verdade nos compele a adir que se diz ter havido certo caso do tipo que implicava, por vezes se creu, sicrano que permaneceu completamente anônimo mas estava, afirma-se, postado no Mallon's por instância de vigias guerreiros do comitê de vigilância e anos depois aparentemente caiu mortinho enquanto esperava um machado algures perto da Hawkins Street. A calúnia, por mais desesperadamente mentirosa, jamais pôde condenar

aquele bom e grande e nada ordinário Meridião Earwicker, como o chama um autor, por qualquer impropriedade mais séria que a mencionada por certo guardamatas ou espectador, que não ousou negar ter naquele dia consumido o espírito do milho, de ter se comportado de maneira incavalheiril diante de um par de delicadas criadinhas no verdésimo do vale juncoso onde, ou assim declaravam tanto toga quanto toucas, Dama Natura as houvera espontânea e no mesmo momento do entardecermente enviado ambas, mas cujas combinações testimônicas publicadas são, onde não dubiamente puras, visivelmente divergentes quanto a pontos de somenos no que se refere à natureza íntima dessa, uma primeira ofensa de prados ou presas que foi admitidamente uma incauta mas, na mais louca, parcial exposição com as circunstâncias atenuantes de um abnorme veranico e de uma ocasião perfeita a provocá-la.

.

10
EIS QUE TE CARTO

Venerada majestade bom eu ouvi tudo esses gatulamas o que eles estão falando dele e eles não vão dar em nada. O Honorável sr. Earwicker, meu devoto esposo, e ele é um verdadeiro cavalheiro que troca lá suas duas camisas por dia que é coisa que nenhum dos sorratos nunca vai fazer porque como canta o poeta régio essa estirpe tem primeiro que nascer como ele nasceu, meu devoto, e foi entre Williamstown e a Ailesbury Road que primeiro vi a luzdoamor nos olhos teus como um par de velas em cima do vagão comprido acho que ele está me olhando mas como se ele fosse sumir numa nuvem quando acordou todo suado do meu lado e me olhou na boca e me contou de verdade a sua opinião que o perdoasse, ó dourado, mas que sonhou comigo que eu estava com um rosto lindo naquele dia e eu simplesmente achei que tinha voltado ao paraíso perdido quando o mundo inteiro era junho, amor, onde os dois andamos de mãos dadas.

Bom, venerada majestade, venho por meio desta jurar que nunca na minha vida meu marido mandou o butim com uma gotinha que fosse que não fosse de leite saidinho da vaca natural e isso é tudo mera invencionice de uma cobra criada e o nome dele é McGrath Brothers contra aquele estimado homem, meu marido honorário. Se eu fosse contar à vossa venerada tudo o que aquele falpórria me cochichou será que não foi nessa época ano passado que nem eu falei para a sra. Pat para a acomodação dele o McGrath Brothers eu estou dizendo que o toucinho dele não é de se ver quem dirá a manteiga o que é estritamente proibido pelos dez mandamentos não putarás falso testemunho contra a mulher do próximo. Arrá, o McGrath, está marcado de mentira mais que sarda. Mas eu li a fuça dele direitinho. Quando eu penso o que aquele verme teve a vergonha de sugerir sobre o meu estimado e respeitado esposo será que dá para peidoar uma coisa dessa? Nunca! Que o Senhor Deus possa peidoar as ofensas do McGrath Brothers contra o Honorário sr. Earwicker. Por dá cá duas palhas, sim e enfim, eu podia assoprar aqui para alguém que eu conheço e eles iam fazer ele virar cadave com o maior prazer por fuzilamento privado e não iam deixar sobrar McGrath Brothers que desse para raspar do chão.

Mentiras! Jamais houve qualquer moça na minha casa que esperasse incômodo do meu estimado esposo, nunca! Aquele par de prostitutas que cometeram o distúrbio todo, nenhuma delas eram virtuosa, dacordo com a supransitada declaração do médico responsável pelas duas lá na Eclusa enquanto que eu hei de trazer para sua venerada inspeção o mesmo Honorável Earwicker possuir desde criança um peito de primeiríssima mui cabelado com sobrancelhas ibidem para que se possa poder ver o que eu mesma tenho o prevelégio de contemplar e dacordo com o mesmo supransitado afetuosíssimo depois da companhia das vendedoras. Não vou tolerar que um réptil retorcido da estirpe dos McGrath fique espalhando suas mentiras por aí por tudo onde moramos se ele acha que ele é o barulhão aí das prostitutas como eu simplesmente concordo. Tó, vermoso! Agora eu te conheço. Eu ia odiar ter que dizer o que eu acho dele. Eu tenho entojo dos Sorrateiros McGrath, fornecedores e armazeneiros italianos por privilégio real, querendo viver de mim e do meu nobríssimo esposo como um par de paraquedas sujos. Eu não ia sonhar com uma salsichinha deles nem para envenenar um gato e estava tudo nos jornais de domingo sobre as famosérrimas linguiçonas de Earwicker que foram comidas e apreciadas por mais de quinze milhares de gente em Dublin neste fim de semana. Mentirosinho expulsivo! Primeiro ele foi escocês uma vez e aí foi demitido do Clune's onde era só um desses pervisores que ficam dando de dedo.

E mais ainda eu ouvi um certo comentário declarado a respeito de dar seu mau exemplo diante daqueles militares mas permitisse o espaço é minha mais firme crença que poderia mostrar que esteve desde sempre em seus desejos mentais mitigar a escrófula boçal do rei e eu por meio desta juro por sua venerada majestade que foi ele que me deu o preço do meu novo vestido aprova de balas com as manguinhas de anjo para eu ficar com cara de vinteum e ele disse em minha presença nestas palavras: Exatamente como existe um Deus de todas as coisas, Livvy, minha cabeça deu um branco total.

Bom, venerado, ofeiro vossos cordinais agradecimentos com lamentos por vos ter encartado e agora me despeço, esperando que estejais pelo

melhor. Pouco se me dá uma carta errônima que-
tal a respeito de uma experiência de parte de mim
enquanto menina, alegada ser desagradável, com
um atraente amigo colegal. E que tal! Eu era nova
e facinha naquele tempo e minhas formas admi-
radas desde pelo primeiro que encheu os olhos
com meu lindo cabelo castanho que me caía pelas
coxas inocentes e eu posso simplesmente fazer o
que me der na veneta com ele porque agora ele é
meu pelo ato de impropriedade da mulher casada.
Nem se preocupe agora com o Padre Michael (que
o Senhor Deus o recompense!) mas troque uma
palavrinha comigo. Se o McGrath Brothers só sou-
besse dar conta das virgens como dava antes ele
simplesmente ia cair da cadeira. Quando o senhor
encontrar de novo o M.G. pergunte da patroa, Lily
Kinsella que virou patroa do sr. Sorrateiro, com o
advogado beijoqueiro, neste momento chamando
atenção graças a detetives particulares escondidos
embaixo do piano de calda para descobrir se não
aconteceu alguma coisa além de beijos. A Lily é uma
lady, liliburlera bolenavante! E ela mandou traze-
rem um remédio num frasco de víveres licenciados.
Vergonha! Três vezes vergonha! Eu só queria que

ele desse uma olhada na caixa de correspondência um dia e ele não ia dizer que isso era coisa de advogado. Nossa, ela dá seus pulinhos! Aiai, ele ia ficar tão surpreso de ver a sua carametade nas mãos de um advogado com o sr. Brophy, advogado, em toda a intimidade, aos beijos e se olhando num espelho.

Mas chega de falatório sorrático que os broncos lá de Bully's Acre me trataram bem mal. Se algum dos broncos do Sully fosse puxar uma arma para mim ele ia aprender boas maneiras do jeito que eu vou chamar a sullícia. Virei por meio doutra protocolar minha queixa contra ele para o sargento Laracy aquele que fica na esquina da Buttermilk lane com a enfermeira do Rafferty e ele vai tomar providências para mandar a cabeça dele ser legalmente quebrada por um norueguês expulso da cristandade.

Cara majestade, espero que o senhor esteja bem bem. Todo mundo em ordem? A gente fala de vocês o tempo todo na cama. Eu mesma me angustio com vocês. Ando sentindo mais frio do que antes e tem que usar pijama de flanela direto no corpo. Para falar de verdade eu andei meio mal de saúde por causo dos brutamontes que o Sully chamou pro McGrath. Me disseram que o seboso está no momento no hospital com palpitações de tanta bebedeira e eu quase só vi ele assim mesmo. Que não saia nunca mais mas ele é um belo de um sapateiro na sua profissão. E agora outrossim eu vou informar a quem interessar possa que estou perfeitamente orgulhosa desse grande civil, A.L.P. Earwicker, vida longa a ele, meu outrora lindo esposo que anda mais delicado que um cogumelo o que se vê pela melhora da minha aparência e um grande atraível quando ele sempre senta adeante de mim, asno, pela ânsea de retomar nossas polidas conversas com Earwicker a respeito de lídimos negócios e prazeres quando já depois de uns bons canecos da nossa cerveja e do nosso pito e ele nunca me acorrentou numa cadeira ou veio atrás de mim com um forcado no Dia de Ação de Graças desde que nasceu esta ilha nativa e é por isso que a polícia toda e todo mundo fica ladrando atrás de mim toda vez que eu saio pra todo lado. Earwicker é cem por cento humano, digo ao Sorratujo e ao senhor, Mestre McGrath, seus amarelos nossa cura doce, dorsada e listrada, nove pence. Posso por meio desta mostrar a quem bem queira ver saquito original de um bolo por cabeça e rolinhos especiais de figo do Adam Findlater que me foram dados quando por lembrança carinhosa na ocasião de nossas últimas bodas de ouro pelo sr. Earwicker. Obrigada, adorado, pelo seu lindo pacote. Sempre cavalheiro nato como podem todos claramente ver por tal comportamento.

Bom, eu simplesmente admiro a audácia deles de sair dizendo de ele ser mais ruim das oiça que se porta. Devo pedir vênia de contradir vigorosissimamente já que na verdade acho que posso adir nesse ponto quanto à questão de ouvir que ele é lá do seu jeito e comprovadamente bem decentemente surco. Eu vou dizer a ele a resposta dele se tivesse ele a coragem de dizer meu venerado esposo jamais foi um viúvo de verdade aos olhos da lei em consideração de sua obsoleta morbe na medida em que o atual fidalgo sr. Earwicker muitas vezes deu ao supransitado dedoente todos os detalhes em resposta à descrição à morbe do fale sido em suas prazenteiras horas crepusculares quando se pode contar solidamente com esse homem verdadeiramente louvado pelas eras para jogar mempega e pulapopula e Sally de Sainha quando sempre está no controle orgulhoso de si enquanto nós francamente apreciamos acima de tudo as secretas engrenagens da natureza (graças aos céus por elas, humildemente rezo!) e eu realmente achei tudo um encanto. Quem se rebaixaria a discutir com um mequetrefe de um biltre de nome McGrath Brothers. Se me informam credivelmente sem equívocos bola de canhão é o único argumento de verdade com um biltre sorrateiro. Ping! Ping! Dá nele de novo! Ping! Ele que pule miudinho! Hah! Hah! Hah! Eu simplesmente tenho que rir. O Sorrateiro McGrath mandou ver no seu último chouriço. Três da tarde. Quarta. Grandioso funeral à luz de tochas de McGrath Brothers. Não esqueçam. O funeral em breve ocorrerá. Os restos devem ser removidos antes das três em ponto. R.I.P.

Bom, venerada majestade, tomo essa liberdade de acalantar expectativas de que as nuvens se hão de logo dissipar esperando o belo dia que tivemos e agora concluo a supransitada epístola com os melhores agradecimentos e minhas mil bênçãos pela sua bondadíssima e todo o trabalho que vos hais por esta e pelo mais caro esposo que serei fiel ao senhor até o fim da vida enquanto ele tiver um barril de cerveja preta com amor para a Majês e todo mundo da família com as mais sinceras crenças de que em breve terás oportunidade de espiar a mesma completissimamente.

Que me caiba testemunhar até o dia de hoje o empenho minha mão e marca de vossa venerada Majestade sigo sendo a mais obediente

Sua afetivamente

Dama Anna Livia Plurabelle Earwicker
(Única esposa legal de A.L.P. Earwicker)

XXXX

NB: Isso simplesmente há de puxar o tapete do M.G.

ANEXO

GIACOMO
JOYCE

Quem? Rosto pálido cercado de pesadas peles cheirosas. Ela se move tímida e nervosa. Usa um monóculo de haste. *Sim*: sílaba breve. Riso breve. Um breve bater de cílios.

Teia caligráfica, traçada longa e fina com calmos desdém e resignação: uma jovem de estirpe.

Lanço-me em onda fácil de cálida fala: Swedenborg, o pseudo-Areopaginta, Miguel de Molinos, Joachim Abbas. A onda se esvai. A colega dela, que recontorce o corpo contorcido, ronrona em desossado italiano vienense: *Che coltura!* As pálpebras longas batem e sobem: uma agulha férvida fura e freme na íris aveludada.

Saltos altos soam cavos nos ecos da escada de pedra. Ar de inverno no castelo, patibulares cotas de malha, rudes arandelas férreas sobre as curvas da recurva escadaria do torreão. Saltos que soam e batem, ruído alto e cavo. Há alguém lá embaixo que gostaria de falar com a senhorita.

Ela nunca assoa o nariz. Uma forma de linguagem: o menor pelo maior.

Arredondada e amadurada: arredondada pelo torno consanguíneo e amadurada no viveiro da seclusão de sua raça.

Um arrozal perto de Vercelli sob a névoa cremosa estival. As asas do chapéu desabadas dão sombra a seu sorriso falso. Sombras lhe raiam o rosto que falso sorri, fustigado pela quente luz cremosa, sombras gris de leitelho coalhado sob a mandíbula, raias de amarelo gema de ovo sobre o cenho umedecido, rançosos humores amarelos espreitando dentro da polpa amolecida dos olhos.

Uma flor por ela dada a minha filha. Dádiva frágil, frágil quem dá, frágil menina de veias azuis.

Pádua bem além-mar. A muda idade média, noite, escuridão da história que dormem na *Piazza delle Erbe* sob a lua. Dorme a cidade. Sob os arcos nas ruas escuras perto do rio os olhos das putas espiam atrás de fornicadores. *Cinque servizi per cinque franchi*. Uma escura onda de sentidos, que se repete e se repete e se repete.

No escuro me falham os olhos, me falham os olhos,
No escuro me falham os olhos, amor.

E se repete. Chega. Escuro amor, anseios escuros. Chega. Escuridão.

Crepúsculo. Passando pela *piazza*. Gris cai a tarde sobre vastas pastagens de um verde gris, que silente se despe em crepúsculo e orvalho. Ela segue a mãe com desajeitada graciosidade, a égua que conduz sua potrinha. Crepúsculo gris dá delicada forma às ancas parcas bem talhadas, ao cordato pescoço tendinoso e maleável, à bela ossatura do crânio. Tarde, paz, crepúsculo do encanto....... Olá! Palafreneiro! Ó de lá!

Papai e as meninas deslizam morro abaixo, montados em um tobogã: o Grão Turco e seu harém. Apertados em capas e casacos, botas atadas em hábeis laçadas cruzadas sobre a língua que a carne acalenta, a saia curta tesa pelas pontas redondas dos joelhos. Relance branco: floco, um floco de neve:

E se ela volta a viajar
Que eu possa ver!

Saio correndo da tabacaria e grito seu nome. Ela vira e se detém para ouvir minhas palavras embaralhadas de aulas e horas e aulas e horas: e lentamente se coram as pálidas faces com brasas de luzes opala. Nada, nugas, não temais!

Mio padre: ela cumpre com distinção os mais simples atos. *Unde derivatur? Mia figlia ha uma grandíssima ammirazione per il suo maestro inglese.* O rosto do velho, bonito, corado, de traços nitidamente judaicos e longas suíças brancas, que se vira para mim quando juntos caminhamos morro abaixo. Ah! Dito à perfeição: cortesia, benevolência, curiosidade, confiança, suspeita, naturalidade, o desamparo da velhice, confiança, franqueza, urbanidade, sinceridade, advertência, páthos, compaixão: mistura perfeita. Inácio de Loyola, vem correndo me ajudar!

Este coração se vê ferido, vê-se triste. Amor não correspondido?

Longos lábios lascivos me encaram: moluscos de sangue escuro.

Névoas móveis no morro quando levanto os olhos da noite e da lama. Névoas que pendem das árvores úmidas. Uma luz lá na sala mais alta. Ela se veste para ir ver a peça. Há fantasmas no espelho..... Velas! Velas!

Uma criatura delicada. À meia-noite, depois da música, subindo toda a via San Michele, foram ditas baixo essas palavras. Vai com calma, Jamesy! Por acaso você nunca andou pelas ruas noturnas de Dublin soluçando um outro nome?

Cadáveres judeus jazem à minha volta apodrecendo no mofo do seu campo santo. Eis a tumba da sua gente, pedra negra, silêncio sem esperança... Meissel, o bexiguento, foi quem me trouxe. Ele está atrás daquelas árvores parado de cabeça coberta diante do túmulo da esposa suicida, imaginando como a mulher que dormia em seu leito foi chegar a tal fim... A tumba da gente dela e dela: pedra negra, silêncio sem esperança: e tudo está pronto. Não morra!

Ela ergue os braços no esforço de prender na nuca um vestido de negros véus. Não consegue: não, não consegue. Recua em minha direção calada. Ergo os braços para ajudar: os dela caem. Seguro as bordas macias das teias do vestido e quando as puxo para prendê-las vejo pela abertura do véu negro seu corpo esguio envolto numa combinação laranja. Que escapa das fitas de atracação naqueles ombros e cai lenta: esguio corpo liso e nu que cintila de escamas argênteas. Escapa lenta pelas nádegas delgadas de lisa prata polida e pelo sulco, uma baça sombra argêntea... Dedos, frios e calmos e móveis... Um toque, um toque.

Pequeno alento tolo, inerme e ralo. Mas curve-se e ouça: uma voz. Uma andorinha sob as rodas do Juggernaut, que trêmulo estremece a terra. Por favor, mister God, big mister God! Adeus, mundo imenso!... *Aber das ist eine Schweinerei!*

Grandes laços em seus sapatinhos de bronze: esporas de uma ave mimada.

A dama segue a passo presto, a passo presto, a passo presto... Ar puro na estrada alta. Trieste acorda crua: crua luz do sol sobre o monte de tetos de telhas castanhas, testudiforme; pletora de insetos prostrados que aguardam a libertação nacional. Belluomo levanta da cama da mulher do amante de sua mulher: a dona de casa ocupada está a postos, olhos de abrunho, com um pires de ácido acético na mão... Ar puro e silêncio na estrada alta: e cascos. Menina a cavalo. Hedda! Hedda Gabler!

Mercadores oferecem os primeiros frutos em seus altares: limões pintados de verde, cerejas de joalheria, pêssegos enrubescidos com folhas rasgadas. A carruagem passa pela alameda de bancas de lona, raios da roda girando no clarão. Abram alas! O pai dela e seu filho sentados na carruagem. Têm olhos de coruja e a sabedoria das corujas. Uma sabedoria coruja encara daqueles olhos, que meditam sobre o saber acumulado em sua *Summa contra Gentiles*.

Ela acha que os cavalheiros italianos tinham razão quando ergueram Ettore Albini, o crítico do *Secolo*, da cadeira porque não levantou quando a banca tocou a Marcha Real. Ela ouviu durante o jantar. É. Eles amam o seu país quando sabem bem que país seja.

Ela ouve: virgem prudentíssima.

Uma saia presa atrás quando seu joelho brusco se move; renda branca que bordeja uma anágua que indevida se levanta; uma teia de meia esticada qual perna. *Si pol*?

Toco leve, cantando baixo, a lânguida canção de John Dowland. *Loth do depart*: Também eu não quero ir. Aquela idade é aqui e agora. Aqui, se abrindo das trevas do desejo, estão olhos que ofuscam o leste levante, com um brilho que é o brilho do manto de escuma que cobre a fossa do pátio de James babão. Aqui estão vinhos todos âmbar, torneios cadentes de árias doces, a altiva pavana, bondosas damas que cortejam das varandas, com bocas que chupam, as raparigas marcadas de varíola e as esposas jovens que, cedendo alegremente aos que as tomam, agarram-se e se agarram novamente.

Na crua manhã velada de primavera odores vagos flutuam da Paris matinal: anis, serragem úmida, massa quente de pão: e no que atravesso a Pont Saint Michel as águas azuis de aço que despertam me gelam o peito. Elas rastejam e se esbatem contra a ilha em que vivem homens desde a idade da pedra... Castanha escuridão na vasta igreja gargulada. Está tão frio quanto naquela manhã: *quia frigus erat*. Nos degraus do alto altar distante, nus como o corpo do Senhor, jazem prostrados em fraca oração os ministros. Ergue-se a voz de invisível leitor, entoando a lição de Oseias. *Haec dicit Dominis: in tribulatione sua mane consurgent ad me. Venite et revertamur ad Dominum...* Ela de pé ao meu lado, pálida e gélida, vestida pelas sombras de uma nave negra de pecado, cotovelo magro no meu braço. Sua carne evoca o arrepio daquela crua manhã velada de névoa, tochas apressadas, olhos cruéis. A alma dela lamenta, treme e quer chorar. Filha de Jerusalém, não chores por mim!

Explico Shakespeare à dócil Trieste: Hamlet, bofé, que é extremamente cortês com os delicados e os simples só é rude com Polônio. Talvez, idealista amargurado, possa ver nos pais da amada apenas grotescas tentativas de parte da natureza de produzir a imagem dela..... Tomaste nota?

Ela anda à minha frente pelo corredor e enquanto anda uma mecha escura de seu cabelo lentamente se desmecha e descai. Lento se solta, cabelo cadente. Ela não sabe e anda à minha frente, altiva e simples. E assim passou também por Dante com simples altivez e assim, imaculada no sangue e na violação, a filha dos Cenci, Beatrice a sua morte:

..... Ata
Meu vestido e prende este meu cabelo
Com um nó qualquer

A criada me diz que tiveram que levá-la imediatamente ao hospital, *poveretta*, que ela sofreu tanto, mas tanto, *poveretta*, que é tão grave... Eu me afasto de sua casa vazia. Sinto que estou prestes a chorar. Ah, não! Não há de ser assim, num único momento, sem palavra, sem olhar. Não, não! Decerto não me há de faltar a sorte do inferno!

Operada. O bisturi entrou entre suas entranhas e se recolheu, deixando o rasgo cru e serrilhado de sua passagem na barriga dela. Vejo seus olhos negros e cheios que sofrem, lindos como os olhos de um antílope. Ó chaga cruel! Libidinoso Deus!

De novo na sua cadeira à janela, palavras felizes na língua, riso feliz. Um pássaro que pia depois de tempesta, feliz por ter-se esvoaçado sua vida tola de entre os dedos em garra de um epilético senhor que dá a vida, piando feliz, piando e feliz pipilando.

Ela diz que, fosse *O retrato do artista* sincero apenas em nome da sinceridade, teria perguntado por que eu o dei para ela ler. Ah mas é, então? Uma dama de letras.

Ela parada, veste negra, ao telefone. Risinhos tímidos, gritinhos, frasezinhas tímidas que súbito se cortam... *Parlerò colla mamma...* Vem! Vem franguinha! Vem! A franga negra está com medo: frasezinhas que súbito se cortam, gritinhos tímidos: gritando pela mamma, a galinha corpulenta.

Loggione. As paredes encharcadas transpiram umidade vaporosa. Sinfonia de cheiros funde a massa de formas humanas amontoadas: fedor acre de axilas, laranjas fuçadas, untos para seios derretidos, água de almécega, hálito de ceias de sulfurosos alhos, podres peidos fosforescentes, opopânace, o franco suor do mulherio casadoiro e já casado, o fedor de sabão dos homens... A noite toda eu a observei, a noite toda a hei de ver: cabelo trançado e erguido e rosto oliva oval e calmos olhos doces. Filete verde nos cabelos e no corpo um vestido bordado de verde: matiz da ilusão do espelho vegetal da natureza e da grama vicejante, o cabelo das covas.

Minhas palavras em sua mente: frias pedras polidas que afundam num charco.

Aqueles frios dedos tranquilos tocaram as páginas, feias e belas, em que minha vergonha há de eterna brilhar. Tranquilos e frios e puros os dedos, será que jamais erraram?

O corpo dela não cheira: flor sem odor.

Na escada. Fria mão frágil: timidez, silêncio: olhos negros alagados de langor: cansaço.

Guirlandas girantes de vapores gris sobre a charneca. O rosto dela, como é gris e grave! Cabelo úmido emaranhado. Seus lábios pressionam leves, seu alento suspirante penetra. Beijada.

Minha voz, morrendo nos ecos de suas palavras, morre como a voz cansada de sabedoria do Eterno que clama por Abraão pelas colinas que ecoam. Ela se recosta na parede travesseiro: traços odaliscos na luxuriosa obscuridade. Seus olhos beberam minhas ideias: e dentro da úmida e quente escuridão acolhedora e complacente de sua feminidade minha alma, que também se dissolvia, jorrou e correu e inundou uma semente líquida e abundante... Tome-a agora quem quiser!...

No que saio da casa de Ralli dou com ela de repente quando damos ambos esmolas a um mendigo cego. Ela responde meu cumprimento súbito virando-se e desviando os olhos negros de basilisco. *E col suo vedere attosca l'uomo quando lo vede.* Agradeço-lhe a palavra, messer brunetto.

Estendem sob meus pés tapetes para o filho do homem. Esperam minha passagem. Ela parada à sombra amarela do saguão, capa xadrez que escuda do frio seus ombros afundados: e no que me detenho espantado e olho em torno me saúda hibernal e passa escada acima dardejando-me por um instante com seus viscosos olhos que de soslaio me lançam seu veneno de alcaçuz.

Macia capa verde-ervilha amarrotada acortina o salão. Estreita sala parisiense. A cabeleireira aqui se estendia ainda há pouco. Beijei a meia dela e a barra da saia negro-ferrugem empoeirada. É a outra. Ela. Gogarty veio ontem para ser apresentado. O *Ulysses* é o motivo. Símbolo da consciência intelectual... A Irlanda então? E o marido? Andando pelo corredor de chinelinhos ou jogando xadrez sozinho. Por que nos deixam aqui? A cabeleireira aqui se estendia ainda há pouco, apertando minha cabeça entre as bolas ossudas dos joelhos... Símbolo intelectual da minha raça. Ouviu? A escuridão precipitou-se. Escuta!

— Não tenho certeza de que tais atividades mentais ou corpóreas possam ser consideradas doentias —

Ela fala. Uma voz fraca de além-astros-frios. Voz de siso. Diz! Ah, diz de novo, tornando-me sábio! Essa voz eu nunca ouvi.

Coleia rumo a mim pelo saguão amarrotado. Não posso me mover nem falar. Chegada coleante de carne nascida nos astros. Adultério da sabedoria. Não. Irei. Vou.

— Jim, amor! —

Macios lábios chupantes me beijam a axila esquerda: um beijo coleante em miríades de veias. Ardo! Desmonto como folha em chamas! De minha axila direita salta um dente chamejante. Uma serpente estrelada me beijou: fria serpente da noite. Estou perdido!

— Nora! —

Jan Pieters Sweelinck. O bizarro nome do antigo músico holandês faz toda a beleza parecer bizarra e distante. Ouço suas variações para clavicórdio sobre uma ária antiga: *Juventude tem seu fim*. Na vaga névoa de antigos sons surge parco ponto de luz: a fala da alma vai se fazer ouvir. Juventude tem seu fim: o fim está aqui. Jamais será. Você sabe muito bem. E aí? Escreva a respeito, diabo, escreva! O que mais você sabe fazer?

"Por quê?"
"Porque senão eu não vou poder te ver."
Um deslizar — espaço — eras — folhagem de estrelas — e um paraíso minguante — imobilidade — e mais profunda a imobilidade — imobilidade da aniquilação — e a voz dela.

Non hunc sed Barabbam!

Despreparo. Um apartamento vazio. Torpe luz do dia. Um longo piano negro: caixão da música. Equilibrado na borda um chapéu de mulher, com flor vermelha, e o guarda-chuva, fraldado. Os braços dela: elmo, goles e espada cega em campo sable. Envoy: me ame, ame meu guarda-chuva.

ESTA OBRA FOI COMPOSTA EM ABRIL TEXT E IMPRESSA PELA
GEOGRÁFICA EM OFSET SOBRE PAPEL PÓLEN SOFT DA SUZANO PAPEL
E CELULOSE PARA A EDITORA SCHWARCZ EM JUNHO DE 2014